实力派

晓秋 主编

长篇小说

黑白村庄

薛喜君◎著

中国言实出版社

图书在版编目（CIP）数据

黑白村庄 / 薛喜君著. -- 北京：中国言实出版社，
2022.12
（实力派 / 晓秋主编）
ISBN 978-7-5171-4202-7

Ⅰ. ①黑… Ⅱ. ①薛… Ⅲ. ①长篇小说—中国—当代
Ⅳ. ①I247.5

中国版本图书馆CIP数据核字（2022）第211459号

黑白村庄

责任编辑：史会美
责任校对：王建玲

出版发行：中国言实出版社
    地 址：北京市朝阳区北苑路180号加利大厦5号楼105室
    邮 编：100101
    编辑部：北京市海淀区花园路6号院B座6层
    邮 编：100088
    电 话：010-64924853（总编室） 010-64924716（发行部）
    网 址：www.zgyscbs.cn 电子邮箱：zgyscbs@263.net

经 销：新华书店
印 刷：徐州绪权印刷有限公司
版 次：2023年1月第1版 2023年1月第1次印刷
规 格：880毫米×1230毫米 1/32 8.5印张
字 数：110千字

定 价：68.00元
书 号：ISBN 978-7-5171-4202-7

目 录
CONTENTS

2018 年的村庄

1

据《蒙古秘史》记载，成吉思汗的十二世祖道布莫尔根之兄道蛙锁呼尔有四个儿子，被称为杜尔伯特氏，世代相因，游牧于嫩江两岸，成为苏木杜尔部。伪满洲国灭亡后，转年的八月，拉善勒族就并入苏木杜尔旗。二十世纪五十年代中期，又改称苏木杜尔蒙古自治县，可当地人还习惯称其为拉善勒族。乌兰白音乡坐落在苏木县境内，是国家级贫困乡。而隶属乌兰白音乡的幸福村，也是国家级贫困村。

鸟不拉屎的破地方，穷得几代人都不得翻身。年轻人背起行李卷进城务工去了，他们说宁可到城里讨饭，都要逃离这块除了沙丘就是盐碱地的鬼地方。居住在这里的蒙古族人与汉族人早已打破民族的界限，融为了一体。而居住在这里的上了岁数的老人，尽管他们从心里到脸上都绝望出山脉一样的皱褶，可他们依然故土难离。尤其蒙古族人，他们更是不舍得抛弃祖先曾经生活战斗过的地方。年轻人的逃离，使得本来就穷困潦倒的村庄更像一个弃妇，从身体到精神都萎靡得支离破碎。日渐消亡的村庄和一撮撮孤零零的泥草房，在风雪中摇晃着诉说着它们的前世今生。

暮色像一团墨似的悄无声息地洇开，一只喜鹊扑棱着膀子落到树杈上，惊得树叶一阵窸窣碎语。望儿夹着尾巴从村卫生所大院里蹿出来，一路狂奔到村口，戛然站住。望儿凝望着 301 国道，过往的车灯飞快地穿梭，像流星也像起舞的萤火虫——午夜前，一辆捷达车瞪着两只大眼睛从国道上下来，望儿狂吠着奔过去。张四望按了按喇叭，望儿趑转身子头前跑走了。张四望下车时的脚步焦急且凌乱，在卫生所门口的台阶上还绊了一下。等候在门前的望儿，两只前爪迅疾地搭在他怀里。他吁了一口气，钥匙哗啦的转动声，在村庄的静夜里显得格外清脆。推开房门，溽热像张着大嘴的怪兽扑过来。张四望走时特意关上窗户，即便不刮风下雨，成群的蚊子和小咬儿也会从纱窗飞进来。第二天早上，桌上和床上就有一层密密麻麻的小咬儿的尸体。

滕七花和唐溪水不在，望儿很自然地跟张四望进了房间。要是他俩在，望儿就会知趣地站在门口摇尾巴，张四望说望儿是一条有教养的狗，还是一条有文明高度的狗。滕七花和唐溪水嘻嘻地笑，说他被望儿湿漉漉的眼神儿沦陷了。张四望笑眯眯地抚摸着望儿的脑袋，望儿的叫声更欢了，尾巴也摇得像一把蒲扇。有时候，张四望忙得顾不上望儿，望儿又实在太想念他，就把两只前爪搭在窗台上，眼巴眼望地看着屋里，直到和忙碌的张四望的目光对接上，它才心满意足地狺狺叫两声。这个晚上，望儿看出主人有些急，它懂事地站在张四望的床前，晃了两下尾巴就趴在床下，还把下巴颏搭在两只前爪上，瞪着一双乌黑的大眼睛痴情地看着主人。张四望打开电脑的电源，转身给快烧壶接满水。他泡了一壶浓茶，熬夜写材料全靠这茶水。

夏天的夜很短，凌晨四点多天就大亮了。张四望疲惫地打了几个哈欠，笔记本都没来得及关，就一头扎到床上。

"望儿，七点叫我哈。"

2

张四望下午送走最后两辆拉提子的车才离开幸福

村，他已经一个多月没回家了。宋黎从北京音乐学院交流学习回来半个月了，他都没抽出空回家看看。宋黎一回来就不住声地咳嗽，大把地吃消炎药和止咳药，就是不见好。上周拍了肺部CT，片子显示肺部感染。张四望急得恨不能生出翅膀飞回去，每次在电话里听到宋黎的咳嗽声，心都揪着疼。张四望驱车两个多小时，下了江桥在转盘路等红灯时，他敲了敲热辣辣的胸口，咚咚的响声像一面皮鼓。张四望自嘲地笑了笑，都老夫老妻了，每次见面还都有些许的激动。城市的喧嚣就如村庄的寂寥一样，无处不在。他心急火燎地盯着九十秒的红灯一闪一闪地跳，刘绍全的电话打了进来。

"张书记，还在路上吧。市人大、市委组织部、市委宣传部、人教科、文联来电话要扶贫材料，明早八点准时上传。还有省电视台、市电视台和交通台明天要来采访，点名让咱们谈谈精准扶贫、产业项目、厕所改建和泥草房拆除。可能你在高速路上信号不好，他们又把电话打到我这儿……"激烈的喇叭声吓了张四望一跳，他急忙拉开手刹徐徐地靠边。要是滕七花在就好了，他的文笔比他好，他的材料也成熟老到，他写的材料，基本都是一次通过。张四望下意识地拨了滕七花的电话，刚响一声，滕七花就接了。他抱歉地说，书记，我正要给你打电话，我这头还得两天……张四望有点卡壳，他结巴着说没啥事儿，就是问问你怎么样？说了两句无关紧要的话，张四望匆忙地挂断电话，叹了口气后他给宋黎发了语音，让她明天无论如何都要去住院，他说不能耽搁了，别再把小毛病耽搁大发了，炎症不消除再落下病根。再说，肺有了问题，歌也唱不好了——张四望没说自己就在江桥下等红灯，谎说在幸福村赶写材料，恐怕今晚还要熬个通宵。他还说这段时间比较忙，看来一时半会儿回不了家……他按下发送键时，眼眶有点发热。又等了两个红灯，张四望在转盘道掉头又上了江桥。正是车流高峰，走走停停耽搁了四十多分钟。上高速时，他连人带车跌进了夜色。

张四望离老远就看见望儿孑然地站在路口，他抽了下鼻子。

宋黎没回他微信，张四望心里隐隐有些不安。虽然有岳父母照顾，但他也太想回家看看了。原本，他俩想抓住四十岁的尾巴，生个孩子。可如今，他连回家生孩子的时间都没有。去年六月，宋黎一听说他要驻村两年，眼睛都瞪圆了。"你答应了？我们不是说好要孩子的吗？你四十二岁，我也快四十岁了，现在的环境和饮食，把女性更年期都催生得提前了。哪天要是绝经了，还上哪儿要孩子？除非你跟别的女人生。再不要，我恐怕都没有当妈的机会了。再说，这要是有了，我这个岁数还能禁起孕吐吗？万一再引起孕期糖尿病高血压病咋办？不吃药我又危险，吃药会不会影响孩子健康，这些你都想过吗？你不心疼我，还不心疼你孩子……"宋黎是师大的声乐副教授，说话中气十足。她一连串的话令张四望无所适从，他怎么也没想到，宋黎对他驻村扶贫反应能这么大。

"我去驻村，又不是去国外讲学，不能耽误要孩子，我抽空就回来生，要个孩子还不是分分钟的事儿？这些年要不是你老让我避孕，二孩都得好几岁了。"张四望脸色柔和，语气轻得像掠过树梢儿的微风。宋黎使劲地白了他一眼，砰的一声关上卫生间的门。洗漱声停下来，宋黎湿漉漉地出来气还没消，张四望起身拦腰抱住宋黎，"别生气啦，现在就去生孩子，儿子的大名就叫张驻村……"宋黎使劲地踢蹬着腿，甩开他箍着的胳膊。"想得美，我怀孕折腾得死去活来，你跑外面躲清静。你当我是猪吗？"宋黎脸上凝着一层厚霜，令张四望从脚跟底下蹿出一股冷飕飕的凉气。

宋黎从没用这个口气跟他说过话。

张四望觉得驻村不至于连回家的时间都没有，宋黎反应这么大，估计是生理期到了。他在心里默算了一下，果然就是这两天。第二天早上，张四望背着行李出门时，宋黎还躺在被窝里怄气。张四望在门口迟疑了好一会儿，他想到卧室跟宋黎说句话，又怕把她从睡梦中吵醒。但他知道，她一定醒着呢。张四望把行李扔到捷达车的后座上，他走得心里惴惴不安。这辆捷达车他都开五年了，去年宋黎要给他换辆SUV，说你那辆捷达都成老爷车了。张四望说别看车型老了，发动机却动力十足，像小伙子。它就是我的白马，吃料少，跑得欢，媳妇有爱车就行。宋黎喜欢奔驰，就买了一辆米白色的B180。提车的那天，宋黎欢喜得拉着他回家接上爸妈，出去吃火锅。坐上车，宋恩泽咂着嘴："我也没觉得这车好到哪儿？比四望的车宽敞倒是真的。"宋黎呵呵地笑，说："爸你老了还落伍了，都是画画累的，我这辆车的性能能把你姑爷的车甩出十条街。"宋黎妈附和着女儿："你爸除了画画对啥都没兴趣。还是这车好，坐着也舒服。要不给四望也换辆这样式儿的车吧。"宋黎笑得咯咯的："妈，要不，你就出钱给你姑爷买辆宝马得了。"老太太正了正身子，说那有啥难的，明儿个就买。张四望说：

"妈，可不能由着她的性子来，你和我爸的钱留着你俩养老。就算花不了，留给我们将来的孩子，也不能听她的。"宋恩泽打趣道，"还是四望想得长远，现在养个小孩子可费钱了。钱还是留着孩子学艺术吧，车不车的，我看倒是无所谓。钱到用时方恨少啊。"

"咱们家的孩子不能费钱。首先学艺术不用花钱，画画书法他姥爷教，唱歌他妈教，哲学他爸教。"宋黎瞥了一眼坐在后座的宋老太，"数学嘛，他姥教。呵呵……"张四望看着宋黎："孩子要是想学武术呢？这可是咱家的'瘸腿'。"宋黎白了他一眼："学武术，就送少林寺，只要你舍得。"宋黎一瞪眼睛，张四望就呵呵地笑。他求救似的看着宋恩泽："爸，宋黎说得对哈。"

3

张四望出生在一个叫柳毛的村子里，用他爹的话说，小村也就一巴掌大。张四望他妈一口气生了五个姐姐，要不是三姐出生一个半月就夭折了，奶说，他们家的丫头一桌都坐不下。张四望他妈进门连个差样的孩子都没生出来，在婆婆跟前吃饭都低眉顺眼。张四望落胎胞那天，是妈扬眉吐气的一天。本来他行五，可奶不喜欢五，她说就叫张四望。四多好啊，四是双，没准下一胎再来还是一个小子，就叫张六望。可妈生完张四望，肚子就没了动静。奶说，母鸡也就歇一个伏天，你可倒好，还歇起来没完没了了。可妈的肚子仿佛跟他奶较劲，瘪得像饥荒年头的粮口袋。

张四望不喜欢张四望这个名字，他刚上小学，就想改成张刚，张铁，或者张山啥的，这些名字都比张四望好听。奶泪水长流地说他翅膀硬了，刚认得几个字就忘了祖宗，还要改名，咋不改姓呢？你先去坟茔地磕九个头，问你们老张家的祖宗答不答应。张四望噘着嘴，不敢再提改名的事儿了。上大学后，他更觉得自己的名字土得掉渣儿。他又试图改名儿，可为时已晚，他改名儿的愿望像一堆肥皂泡，色彩鲜亮寿命却短得令人唏嘘。张四望上大学的第一个母亲节，他以《母亲的疼痛》为题，写了一篇演讲稿，获得系里演讲比赛第一名。

"如果我能早十年出生，我妈，或许就不能在半米之内看不见道了。妈生了五个姐姐，奶说，妈性子耿直得不会拐弯，就连生孩子都不差样。妈白天种地，搂柴火，做饭，喂猪，喂鸡鸭，晚上纳鞋底，做棉衣，流泪——滚热的泪水把妈的眼睛烫疼了，烫坏了，以至于她的视力急剧下降，以至于她夜晚起夜时，经常撞到门框上。额头上鸽子蛋大的包都起了摞……"张四望有两个乳名，奶叫她四望，而爹和妈都叫他福小子。他的到来，不仅止住妈流淌的眼泪，还让妈的脸上有了笑容。

张四望天生就是学习的料，奶怕他累坏身子骨，让他悠着点，说他一出生身体就单薄。奶舍不得吃一口鸡蛋，家里的鸡蛋都可着张四望吃。家里的花母鸡是下蛋的高手，可奶一连五天都没捡着一个蛋，奶的鼻子都气歪了，她把花母鸡用一只竹条花篓倒扣了三天，直到花母鸡改了"拉拉蛋"的毛病，奶才长吁一口气。奶嘀咕着拍打花母鸡的头："敢丢我孙子的口粮，不想活了是吧？"奶上挑的眉毛，像两根翘起来的小辫儿。张四望看着奶咯咯地笑，他从落胎胞就跟奶睡，他跟奶嘴对嘴吃饭吃到两岁多。张四望一上学，就回回考第一。他憋着劲学习，老师说有人早就说过，知识能改变命运。在他眼里，数学语文就是知识，他将来一定要把奶和爹妈，接到出门坐汽车的地儿住。爹妈为他的学习成绩骄傲，奶却撇着嘴说，认一箩筐字又咋样？钱不过是五毛、一元、五元、十元的票子，钱票子不用念书都认得。我孙子最宝贵的就是裤裆里的家伙什，没有裤裆里的命根子，祖宗的香火还不断了。

初中住校，奶想管他都管不着了。每次回家，奶都捏着他的下巴颏唏嘘地落泪，说他瘦了。奶说念那些破书有啥用？白瞎工夫了。早点回来，娶媳妇给奶生个重孙子。奶说着说着就嘤嘤地哭起来，她说身子骨一年不如一年，一到冬天就倒躺，万一哪天一口气捯不上来，没看到孙子娶媳妇，背过气了都闭不上眼睛。张四望呵呵地笑，说奶长命百岁，奶还得看重孙子呢。他大学毕业留校那年，奶得了一场感冒就走了。奶走时，爹妈使出全身解数，怎么也合不上奶的眼睛。张四望下火车坐小客车，颠簸了一宿，第二天快晌午了才赶到家。他跪到奶的灵前磕三个响头后，站起来用手轻轻一抚奶的眼皮，奶的眼睛便合上了。他妈哇的一声哭出来，拖着张四望的胳膊坐到地上："福小子啊，你奶那口气在嗓子眼儿咕噜了两天两宿，就想看你一眼。你奶可怜啊，这些年她把你含在嘴里怕化了……"

给奶烧完头七，张四望才返回所在的城市。

婚前，宋黎就跟他约法一章，说十年以后再要孩子，我现在还没当够孩子呢。张四望掰着指头算了算，十年之后，自己也不过才四十来岁，一切都还来得及。如果四十岁还没混出个人样儿，也只能回家抱孩子了。宋黎除了教课，还有各种活动和演出。宋黎在舞台上的风采光芒四射，就算和宋黎生活十几年后的今天，张四望只要听到宋黎的歌声，眼前就闪出光亮，像映在窗户纸上的烛光，又像映在水面的霞光，心里温暖无比。

张四望和宋黎住的复式楼，购房时手里的积蓄不够全款，他们又不打算卖掉学院分的旧房子。学区房抢手，价格也好，但俩人不打算卖，等将来有了孩子，他们不用为择校发愁。付款时，宋黎爸妈送来一张卡，他们说，欠银行的钱也是欠账。宋黎爸妈都是正教授，宋恩泽的书画也价格不菲。张四望知道他们拿出一套房子的钱既不伤筋也不动骨，但他还是有些难为情。岳父母体贴他的情绪，说这钱是借给他们的。张四望心里多少有些酸楚，他觉得很对不起宋黎。他们结婚时也只是四口人简单地吃了顿饭，宋恩泽说结婚是两个人的事儿，最多也就是两个家庭的事儿。张四望家除了四个姐姐，奶没了，爹妈也都没了。宋黎说，原来爸妈就我一个孩子，有了你，就变成有两个孩子的富翁了。张四望心里暖融融的，亦如春天时温润的细雨。他是村庄里出来的，能走进这个充满墨香和歌声的家庭，他知足。婚后，宋恩泽两口子把张四望当亲儿子待。这两年，他们的钱财都让张四望存取，两口子说四望心细有条理，女儿从小就娇惯，养尊处优吃粮不管穿。女儿除了声乐上下功夫，对啥都不上心，要不是遇上四望，她恐怕这辈子都嫁不出去。

宋恩泽两口子一天比一天年岁大，看到同龄人手里都领个牙牙学语的小童，艳羡的目光像条线，被别人家的孩子牵到了手里。宋恩泽郑重其事地跟张四望和宋黎谈，我和你妈已是古稀之年了，也想享受儿孙绕膝的天伦之乐。宋黎看一眼张四望。张四望点头，说我俩早就打算好了，明年就要孩子。打那以后，两个人积极备孕，张四望戒烟戒酒，宋黎也戒了红酒。宋黎还提议说到上海人工受孕，最好是一对双胞胎，遭一回罪生一对多好啊。张四望开始不同意，他说怀双胞胎对大人是个负担，你不年轻了，不能因为要孩子把身体搭上。但架不住宋黎天天在耳边吹风，说生双胞胎的好处，张四望也动了心。俩人打算暑假去上海，宋恩泽和老伴又送来一张卡，说卡上的钱够用了。

但六月，张四望就被派驻到幸福村扶贫。驻村两年，这对积极备孕的他们，还是略显长了一些。

4

驻村前，张四望和滕七花只是点头之交。张四望在师大的法政学院任书记，滕七花任师大人事处的副处长，比他们年轻几岁的唐溪水，任师大保卫处科长。平时，他们见面不过是点个头，或者无关痛痒地寒暄几句。张四望所在的法政学院政治气氛浓厚，宋黎奚落他古板得像个老头。前年，张四望就列为省委考核的后备干部。滕七花虽然比他们年长几岁，仍有晋升空间。唐溪水刚提了正科长，势头正盛。接到通知的那一刻，他们都郑重地点了头。

到幸福村的那天，迎接他们的是一条长着四只白毛蹄子的流浪狗。这条狗好像刚被群殴过，又像奔走了千山万水，脏兮兮的毛都打着绺。身上像是得了牛皮癣，黑一块白一坨的，全身都是草屑和尘土，脑门还洇洇地流着暗红的血。它两眼含泪地望着张四望，仿佛他是它失散多年的主人。它湿漉漉的眼神儿仿佛在诉说着离别的凄苦——张四望眼睛顿时蒙上一层水雾。他们相望了好一阵子，流浪狗摇晃着尾巴万般委屈地走了过来。张四望蹲下身子，一把搂过狗头，脱口叫了一声"望儿——"望儿嘴里猜猜的吠声低沉而又缠绵，在他怀里瑟瑟地抖动。

至今，张四望也没想明白，怎么就脱口叫出了望儿。难道，他潜意识里还有一个自己存在？

驻村后，张四望才意识到，真没有生孩子的时间。工作像他们身上被蚊子叮出来的包，一个压着一个，一摞压着一摞。

第一天除了望儿，还有村委会通讯员包文红接待了他们。在他们出发前，刘绍全给他打电话，说村两委突然接到通知，要到乡里开视频会议，不能迎接他们很是抱歉。工作队住的地方已经安排好了，村卫生所把头腾出一间屋，只是有点挤。

工作队在村卫生所住下来，安顿好行李和做饭用的炊具，刚要开会，一个黑红脸膛的男人风风火火地进门。张四望笑着伸出手，说刘书记好。刘绍全憨笑，说不好意思，俺们回来晚了。又着急往回赶，忘买点下酒菜了。张四望说不要紧，中午简单地对付一口，下午开个村民大会吧。刘绍全点头，他招呼包文红去他家取两把挂面，再整碗辣椒酱。

"晚饭到俺家吃，让你们嫂子做点屯子菜。她可一点不埋汰，是个干净利索人。"刘绍全点燃一支烟，"对了，你嫂子是汉族人。俺们家是蒙汉联姻。"

说是村民大会，来的人却像草甸上的羊稀稀拉拉的。张四望进门时愣了一下，来开会的村民，除了十几个年轻的小媳妇，其他大都是老弱病残。刘绍全不好意思地笑了笑，说幸福村有六个自然屯，是一个大村，可常住人口也还不到两千人，都是留守的。有的家派不出人来开会，晚上，俺在广播喇叭里广一下，村民们就都知道村里来了工作队了。张四望不喜欢听这种模棱两可的话，他想听具体数字，但第一次见面，他又不好抠着问。张四望介绍了一下工作队成员，说以后我们就是一家人，你们的冷暖就是我们的冷暖，你们的困苦就是我们的困苦……刘绍全带头鼓掌，掌声稀疏得像晴天里的冰雹。张四望感受到了排斥和冷淡。

卫生所和村委会是一趟房，只是被一道一米高的红砖院墙隔开。回到卫生所的房间他们又继续开会，张四望说，以后，这个房间就是我们吃住工作和开会的地方。咱们未来两年的驻村可有事儿干了，村民大会上看见了吧，村民们心里抵触工作队。滕七花说，咱们不知道别的村是什么情况，估计也好不到哪儿去。幸福村比较特殊的情况就是蒙古族占三分之二，民族的差异可能会给我们的工作带来很多不便。唐溪水说，还有受教育的程度，幸福村一直都是贫困村，更谈不上教育了……三个人讨论得正热烈，刘绍全推门进来。他说先别急着工作，晚上到俺家吃顿认门饭，你嫂子在家做呢。都是屯子菜，保管你们在城里吃不到这么正宗的菜饭。工作也不是一天干的，吃饱肚子才有力气干活。

刘绍全家离村委会五六分钟的路，几个人相继走出房门时，夕阳已经落了下去，西天留下半边不规则却夹着浓烟的暗红。不知道为什么，张四望想起了女人的眼泪，还想起望儿湿漉漉的眼神儿。

炖笨鸡、酱焖鲫鱼、肉皮炖豆角、卤水豆腐、茄子炖土豆、辣椒炒五花肉、蘸酱菜，还有一盘切两半的咸鸭蛋。流着红油的鸭蛋黄，像半圆的月亮。他们刚坐下，刘绍全老婆又端上一盆炸苞米，她说现在不是吃苞米的时候，俺家的苞米扣膜了，听说你们来先掰了几穗给你们尝鲜，鲜嫩得像水呢……刘绍全老婆果然是个利索人，而且还健谈。刘绍全说，豆角茄子辣椒都是菜园子里的，鸡鸭鹅也都是俺自家养的。等冬天，给你们㸆大鹅，酱鸭子吃。张四望象征性地倒了一杯底酒，他说第一次吃饭，喝口意思一下。唐溪水呵呵地笑，说张书记现在烟酒不动，没有孩子的男人都相当于处男——张四望心里七上八下的，他心里惦记即将开始的工作，虽然还没开始工作，但他却看到了难处。他看一眼滕七花，滕七花会意地点头。滕七花喝半杯酒就放下了，说等工作开展起来再喝。唐溪水也只喝了一瓶啤酒，就说啥不喝了。

回到住地，他们仨又连夜开会。

5

　　村庄的夏夜，蚊子肆无忌惮地往人身上叮。唐溪水伸手搂一把，手掌里就攥住三四只蚊子，他一巴掌拍到桌上，蚊子的尸体就躺在紫黑的血渍里了。大个儿的虫子噼里啪啦地撞到纱窗上，有的撞晕了，落到窗台，有的趴在纱窗上贪婪地感受屋子里的光亮。滕七花招蚊子，不一会儿，裸露的皮肤上便红包连成片了。抓挠过的地方，像烧落架的炭火通红一片。唐溪水打趣，说他像一只盐焗虾。滕七花苦不堪言地拍了两下胳膊，说："咱们要在幸福村过两个夏天，我要是被蚊子吃了，就在坟头给我立块碑，上写：脚踢八方猛男被蚊欺，暴毙难瞑双目叹悲喜。""还是关上窗户吧，大理石墓碑太贵，我和书记有那笔银子还不如酱一锅猪蹄啃。"唐溪水站起来说，"呦，这纱窗眼儿也太大了，根本就挡不住小咬儿。"唐溪水拍两下纱窗，糊在纱窗上的小咬和虫子炸窝似的飞起来。"这纱窗形同虚设,蚊子都是从龇牙咧嘴的边上飞进来的。明儿个白天,我修一下。"

闷热像一汪水漫延上来,汗水如蚂蚁似的在身上乱爬。

原来闷热比蚊虫还可怕,滕七花只好站起来把窗户推开。"算了,豁出去我这个猛男吧,我身上的血怎么也够蚊子吸两三天。"张四望抹一把额头上的汗水,抓起毛巾甩了两下。"我们下去先识别贫困户,把新增的贫困户识别进来。不能丢掉一户,还要把充数的贫困户清除出去。只有公平公正公开,村民才能信服我们。"张四望喝了一口茶,"我们只有哈下腰工作,才能了解村民们的真实生活,不偏不倚地处理所有问题,才能打开工作局面。"唐溪水嘻嘻地笑,说:"我不怕跑腿,也不怕说话,就是怕狗,还不敢走夜道。"滕七花说:"没事儿,入户时我走前头,狗一看见我准跑,怕我一把老骨头硌掉它大牙。"张四望扑咻笑了，说："小唐是城市病，像我们俩从小都在村庄长大，别说狗了，狼都不怕。"望儿哼咻了一下鼻子，滕七花笑着说："望儿都觉得你可笑。"唐溪水噘起嘴喷喷了两声，望儿懒洋洋地摇了两下尾巴。三个人咵咵到半夜，张四望才关掉桌上的台灯，说睡吧，以后有的忙了。

刚躺下，张四望突然想起了什么，他说："花哥，明天在卫生所买点过敏药吧。你应该是过敏体质，蚊子叮一口就起一串包。"滕七花点点头，说我咋没想到呢，这两年的夏天可没少遭罪。

半夜，微风从窗口进来，夹杂着庄稼和蒿草味儿，消解了溽热。不远处养殖场里狐狸和貉子的叫声，像幽怨妇人的哭诉。"狐貉的叫声，咋跟猫起秧子差不多。"滕七花咕哝一句翻身睡了。张四望没有困意，他第一天进村就遇到了望儿，心里有一点兴奋，再一个，他不知道两年的驻村将遇到怎样的困难。但他暗暗下决心，不管如何困难，都要真正做到精准扶贫，不能走过场。他是农民的儿子，滕七花也是农民的儿子，小唐虽然是个地道的城市孩子，而且还是"80后"，但他看出来了，小唐善良热心踏实，头脑也灵活，干起工作来不偷奸耍滑。既然来扶贫，就要为村民做实事儿，做能改变他们日子的实事儿。他们都是农民的后代，他们了解父辈。

要不是高考，张四望还得在那个叫柳毛子的村里种地，或者跟随打工的人流到城市打工，拼死拼活地攒下几个钱，回家盖三间房再娶房女人，这辈子就过去了。他太了解农民的日子了，一盒普通的感冒药都十几二十块，父辈们有病要么硬挺，要么买一联止疼片，不管哪疼，无论啥病都靠止疼片。父辈们的命低贱，好像生来就为干活，他们对命运习惯于逆来顺受，他们把土地当命。张四望从接到驻村通知的那一刻起，就想着不能壮志未酬地灰溜溜地回去。他看了一眼趴在地上的望儿，望儿倏地睁开黑溜溜的眼睛。当务之急，还要给望儿搭个窝。既然它投奔他来了，他就要给它一条狗的尊严。

张四望他们第一次走访，就被一条大黄狗拦住了。唐溪水哧溜钻到了滕七花的身后，嗯哈地耸着他肩膀："花哥，你不是说狗一看见你就跑吗？"滕七花试探地往前走两步，大黄狗无所畏惧地扑上来，吓得滕七花退到门外。他自我解嘲地说："这真是一条不知死活的狗啊。"张四望晃着半截木门，大声喊："有人吗？我们是扶贫工作队——"一个谢了顶的男人，往大门口探了一下脑袋又缩回去。院子里除了那条大黄狗的吠叫，一只肥硕的大花猫也倏地蹿上窗台，张着粉红色的嘴喵呜喵呜地叫。滕七花转身到大门口的柴火垛拽出一根木棍，打算强行进去。第一天入户就被一条狗拦在外面，接下来的事儿怎么办？跟在他们身后的望儿，从栅栏的门缝儿挤进去，它摇着尾巴狺狺地叫，蹿高狂吠的大黄狗立刻安静下来，嘴里也发出狺狺的叫声。望儿扭搭扭搭地走进院子，走得不紧不慢，不急不慌，像是去赴一场约会。望儿走到大黄狗面前，两条狗的脑袋耳鬓厮磨地交缠一起，不停地嗅鼻子，嘴里发出狺狺的叫声。他们仨谁也没发现望儿跟在身后，刚结束流浪的望儿轻巧地化解了他们眼前的困难。张四望他们跟着望儿进了院子，大黄狗还沉浸在和望儿相见恨晚的热恋中。

村人都叫刘锁彤刘拐子，车祸后，他右腿的胯骨坏了，走路拐着一条腿。进门，张四望说我们是驻村工作队，昨天你要是去参加了村民大会，我们就见过了。刘锁彤爱搭不理地哼了一声，说饭都要吃不上了，哪有闲工夫开啥村民大会。滕七花笑，说那我们来看你。我们走访就是想了解你家庭的生活状况，政府不会让任何一个农民吃不上饭。刘锁彤斜楞滕七花一眼，说你们可别虚情假意了，以前扶贫的人也来过俺家，送个仨瓜俩枣，再说一车虚情假意的话，今天来了明天就撒鹰子了……刘锁彤说得唾沫星子四溅，还气曩曩地顿着脚。张四望耐心地讲了政策，讲了识别贫困户的几个条件。刘锁彤悠荡了一下右腿，说俺就是属于因病致贫，现在还天天吃药。为了治病，为了孩子念书的学费，亲戚家都借了个遍，还抬了好几万块钱。俺家刘彦龙还学的破护士，俺看毕业后咋整。刘锁彤非常不满儿子的专业，他说一个大小伙子学啥护士。学完了又有啥用，大医院不要小医院进不去，三四年的学费和吃喝都打了水漂了。他还听说，就算有医院要，男护士也都去精神病院了。刘锁彤说儿子是为吴矬子的儿子吴川学的，将来毕业后就去给他做护士吧……

从刘锁彤家出来时，他们面面相觑。滕七花掏出烟盒，抽出一支烟递给唐溪水。唐溪水问张四望，书记要不要来一支，这玩意儿消愁解烦。张四望摇头，正午的阳光黏稠得像化开的糖浆，可他却觉得后背冷飕飕的。一只大白天出来偷食儿的老鼠，从他们眼前大摇大摆地走过去，倏地蹿到柴火垛里不见了。张四望盯着柴火垛底下被雪和雨水沤得发黑的玉米秸秆，仿佛有无数只老鼠看着他们唧唧地窃笑。

驻村前，张四望对幸福村的情况多少了解一些。刘绍全刚上任不到两月，留给他的除了一本烂账，还有近百万元的欠款。

　　刘绍全听说工作队在刘锁彤家的遭遇后，他说刘锁彤是一个脑瓜活络的人，十分能干。这些年他扔下耙子就抓起扫帚，但他家的日子的确过得捉襟见肘。刘彦龙上学的学费都是亲戚们帮着凑的，为了治腿疾拉了好几万块钱饥荒，听说还抬了不少钱。村里人都说刘锁彤命不好，运气也差。他早年跑过运输，为了尽快挣回买车的本钱，两口子起早贪黑地干。从扎兰屯那边倒腾生猪，眼看本钱就要挣回来了，路上打个盹就一头栽到路边的壕沟里。猪跑得没剩下几头，多亏路过的小车司机，要不两口子就都命丧壕沟里了。幸亏他老婆只是皮外伤，要不他这个家就塌了。刘锁彤在家养了大半年伤，右腿落下残疾。他不甘心就这么穷下去，两口子又开始养猪，想不到那年猪饲料涨价，一百多头猪出栏没赔没挣，白搭了功夫。两口子累得腿脚不稳，脸色青黄得像烧的纸钱。刘锁彤气得把猪圈挑了，说再也不碰带毛的畜生了。转年，刘锁彤包地种苞米，偏赶上大旱，苞米价格又低，刘锁彤彻底被打倒了，他借酒消愁，整天喝得醉醺醺的。喝醉了到村委会发泄一下，心烦也到村委会闹腾一通。

6

临近七月末，下了两场大雨，后腰子屯就白汪汪的一片了。村委会买了两台大功率潜水泵，日夜抽水。张四望跟刘绍全说咱们得修排水，还得修路。路都是烂泥塘，就谈不上脱贫致富。刘绍全摊开双手，说书记啊，俺打一出生就在村里住着，路简直都成了俺的心病了。一下雨，村民就骂娘，村干部却不吭一声。刘绍全苦笑着咧了一下嘴。其实，驻村的第二天，张四望他们仁就把村里的几条路走遍了，幸福村虽然有六个自然屯，但只有两条主路是水泥路面，下小雨，屯子里泥泞得下不去脚，下大雨就得划船出行。屯和屯之间的路不畅通，别说村民怨声载道，他们也看不下眼儿。先筹资金，忙完秋，就抓紧修路。路面就像人脸，出门进门连脸都不干净，这个人就活得颓废没有精神。张四望打了报告，往乡里跑了四次，又去了一次县里，两笔资金拨了下来。预算下来，资金还有缺口，驻村工作队和村两委开了三次会也没有解决办法。张四望一筹莫展，伸手跟滕七花要了一支烟。他只抽了两口就掐灭了，忧伤如同爬上心头的蜘蛛，还结了一张密实的网。

滕七花和唐溪水下意识地互看了一眼。

张四望第二次见到拐着一条腿的刘锁彤，是在发放鸡雏的现场。他大声小气地吵嚷，说刘拐子来领鸡雏了。一只鸡雏养大了还不够吃一顿，为啥不发鹅雏？张四望觑了他一眼，大声冲人群说，谁要敢把养大的鸡杀了吃肉，到时候合同说话。

"别喝二两酒，又跑来闹，回家好好睡一觉，醒了酒再出来到人堆儿里说人话。鸡雏没你的份儿。"刘绍全怒气冲冲地盯着刘锁彤。刘锁彤脸刷地红成鸡冠子，他一脚把装鸡雏的纸箱子踢翻，鸡雏们喔喔唧唧地叫着跑散了。张四望的火气蹿上头顶，他指着刘锁彤，说你再动手动脚？刘锁彤愣了下神儿，他没想到张四望能发火。他梗着脖子横睚着刘绍全，拐着腿蹿过去揍他。刘绍全闪了一下身子，刘锁彤向前趔趄着险些摔倒。正好唐溪水从车上下来，他从后面一把抱住刘锁彤。刘锁彤刚要瞪眼珠子骂人，发现是又高又壮的唐溪水，他甩着胳膊挣脱。唐溪水双臂一用力，就把他放到人群外。

"要想打人，要想闹事儿，得过我这关。"唐溪水挡在他面前。

刘锁彤哼了一声，横睚着眼睛，气嚷嚷地拐着一条腿走了。

幸福村清除了二十四户贫困户，又新识别三户贫困户，刘锁彤还是在贫困户之外。村民们像一群炸窝的鸟，大部分拍手称快，说这拨扶贫工作队能办实事儿。另一部分人就是被清除的"贫困户"，他们联合了屯亲聚集到村委会，吵吵嚷嚷地说村委会不恢复他们贫困户的身份，就到乡里、到县里上访告状。闹事儿的人群还没散，刘锁彤又拐着腿来了。他说自己是后妈养的，村干部不待见他，工作队也看他眼眶发青。整日往那些啥活也不干的人家屋里钻，那些人啥活也不干，靠国家补助就有吃有喝，他这种拼命干活的都吃不上饭了，村干部都是睁眼瞎，扶贫干部也装瞎……刘锁彤的话像一瓶倒进火堆里的汽油，拱起了一部分人的心头的火，打点屯的包喜成趁人不备把走廊里的三块宣传黑板翻倒。刘绍全心急火燎地来到张四望身边，问他咋办？他们真要是去上访，咱们村可就更出名了。没脱贫又添彩，到时候咱们又成乡里县里的典型了。张四望皱着眉头沉吟了一下，他让刘绍全通知明天上午开村民大会，他嘱咐刘绍全，你就说是关于贫困户识别的事儿。刘绍全心事重重地走了，滕七花和唐溪水看着张四望。

张四望说，做饭，饿了。

第二天早上，村民们都早早地聚集到村委会。会议室坐不下，只能到村委会的院子里开。望着熟悉和陌生的面孔，张四望清了清嗓子，他说识别贫困户的工作已经结束，详细情况和具体数字，都张贴在村委会的公告板上。工作队对识别进来的，和清除出去的贫困户负全责。如果有人觉得识别得不公平，欢迎上访告状。无论是到乡里、到县里还是到市里都行，老人和身体不好的去上访，由扶贫干部小唐负责接送。小唐还兼为告状者写上访材料，村委会还给开介绍信。你们去乡里、去县里、去市里上访，都需要材料和介绍信。上访者啥都不用做，只陈述你够贫困户的理由就行。一会儿散会，小唐就坐在村委会恭候各位。还有，昨天是谁把走廊里的宣传板翻倒，把笤帚扫帚和撮子扔得到处都是，请你们先把东西各就各位，把黑板放到原地。否则，村委会就以聚众闹事破坏公共设施为由报警。张四望说扶贫工作队既然驻村了，就对幸福村的每一位村民负责，更不可能纵容以各种名义为借口的恶性事件发生。另外，蔬菜反季销售储存库下个礼拜就动工了。接下来，工作队还带领大家发展庭院经济，筹建鲜食玉米加工厂，种植新品种蔬菜和瓜果等。经过近一个时期的调研和学习，工作队和村委会已经达成共识，发展产业带动项目才是脱贫的根基。日后，我们不比谁家贫困，而是要比谁家富裕。

张四望又借机动员大家扒掉泥草房盖彩钢房，还说了种种厕所改造的好处……张四望脸上平静，内心却跌宕起伏。他不知道，他的做法能否阻止过激的村民上访。张四望不想把时间都耗费在这些鸡零狗碎的事儿上，工作队要把精力都用在发展致富的产业上。刘绍全紧张得心咚咚地跳，他寻思张四望一说贫困户认证工作结束，就是再一次地公布认证结果，村民们还不得跳到桌子上骂人。没想到散会后，原本嚷嚷着要上访的村民有的低头走了，有的围着公告板看张贴出来的贫困户家庭收入和支出明细。昨天被翻倒的黑板也不知道什么时候立了起来，包喜成老婆和另外两个女人清扫了村委会的走廊。

刘绍全盯着张四望。"张书记，俺昨晚大石牙疼了一宿。要知道你这么有招儿，俺就不上火了。"刘绍全深吸一口气，"看来，俺这牙是白疼了。"张四望笑了。其实他昨晚也一宿没睡，蚊子在窗外哼唧，他在床上翻腾。张四望说咱们也不能掉以轻心，不排除有人借故闹事。张四望看一下手机，说你们先忙着，我出去一趟。

张四望的捷达车疾速地开上 301 国道，开出了半个多小时，才在一家建行的 ATM 机里取出五千块钱。他直接开到刘锁彤家门口。自从大黄狗和望儿交欢后，大黄就跟工作队也有了交情。看见张四望，大黄狗使劲地摇尾巴。没见到望儿的身影，大黄狗眼神儿里流露出失望。张四望走上前，安抚地拍拍它的脑袋。"我从外面回来，望儿在家呢，下次带它来。"刘锁彤正在菜园里摘豆角，看见张四望进来，没好气儿地嘟囔了一句，大黄你哑巴了，有外人进来你都没看见。张四望笑了，说大黄比你有人情味。他站在院子里等菜园里摘豆角的刘锁彤。刘锁彤拐着腿，慢悠悠地从菜园里走出来，把装豆角的筐啪嗒撂到地上，病腿悠荡到矮墙上，从兜里摸出一支卷烟，自顾自地点着吧嗒吧嗒地抽。张四望看着他，问："你对村里识别的贫困户有啥看法？哪里不公平？"刘锁彤像是没听见张四望的话，依旧吧嗒吧嗒地抽烟。

"我跟你说话咋不吱声？你不是挺能说的吗？有意见提出来，我们欢迎。"张四望盯着他。

"差不多吧，不过俺家没当上贫困户，俺有意见。"刘锁彤翻了个白眼儿并把半截烟扔在地上，"你看看俺这个家，穷成啥样了？孩子念书需要钱，儿子还想专升本。可俺搁啥给他读啊，俺和他妈省吃俭用，他妈天天叫唤骨头疼。"刘锁彤气嚷嚷地拍打右腿，"俺这腿不争气，天天离不开药，俺现在想翻身还没本钱——"刘锁彤眼眶红了。张四望笑了，说识别贫困户不是拍脑门，是按照政策规定，按照各家的实际情况。你没被识别进来，主要原因是你家这台营运车。刘锁彤咧嘴差点哭出来，他说不提这破车还好，一提它俺心都翻个儿。要不是这辆车，俺能废了一条腿吗？腿废了，车也废了，烂车放在院子里都占地方……张四望把五千块钱塞给刘锁彤："拿这笔钱养殖吧。你以前不是干过吗，先养鸡鸭鹅，慢慢积攒了实力，摸索出经验再往大发展。"刘锁彤伸出手又不信任地缩回去："养那玩意儿，赶上一场瘟病，噼里啪啦地死。到时候你们走了，俺到哪个庙烧香磕头？再说，别看俺到村委会闹，用你个人的钱俺还不忍心。俺知道，这年头最难的是借钱，哪还有人上赶着送钱。俺不是不要脸，俺也不是不干活的人，都是俺命不好——"张四望眯起眼睛："拿着吧。挣了钱再还我。赔了算我头上。"

"你说话算话？你们真的肯帮俺？"

"我们在村里驻两年。"

下午，工作队又走访了被清除贫困户的家庭，帮助他们规划庭院经济。虽然拿不到政府的补助，他们心里都老大不愿意，但他们没有理由再闹腾。别说上访，工作队不追究他们以前凭啥进的贫困户就烧高香了。工作队上门指导他们搞庭院经济，这些人的心也慢慢地踏实下来。

天完全黑下来，张四望他们才回到村卫生所。唐溪水填报表，他说咱们没白受累，被清除的贫困户家庭都心服口服了。下步还得加紧泥草房和厕所改造的力度。

识别贫困户像一座高山，驻村工作队艰难地翻过去了，再就是产业项目、泥草房、厕所改造，等等——张四望像一条流浪狗，乡里、县里、市里、省里来回地奔跑。工作队还没喘口气，又接到上级下发的消灭泥草房的文件。刘绍全犯了难，全村还有三十多撮泥草房，很多人家的泥草房眼看都要倒了，工作队和村两委上门动员好几次，村民都不想拆，说搬家太累了，土房挺好，冬暖夏凉。再说政府只给盖房的钱，也不给搬家补贴，搬一次家得糟践不少钱。还有人家的泥草房根本就不住人，而是装一些破东烂西，平白无故地让人拆了，就因为消灭泥草房，理由也不充分。厕所改造倒是好说了，全凭自愿，工作队和村委会做工作就行。刘绍全急得脸都青了，他说现在的村民都咋了？咋不知足呢？发鸡雏，问咋不发鸡饲料；盖房，他们又要搬家补贴。

7

发怒的太阳，把嫩得能掐出水的青玉米棒绒烤得容颜焦灼。也就十几天的工夫，灌饱浆的青玉米棒如果卖不出去，身价就大跌。卖出去的订单又不能提前掰下来，离开秸秆的青玉米棒放上半天就跑浆，口感就疲沓。忙活了一春一夏，村民的指望就打水漂了。张四望急得一夜白了鬓角，他在同学群发求助信息，两个在企业当一把手的同学很快回复了，说愿意为脱贫攻坚助力。滕七花也联系了一家企业帮忙，虽然订单只有三千穗。张四望说蚂蚱也是肉，只要有人买咱们就赢了。唐溪水在微店里不停地打广告，当天也卖出五百多穗。张四望又联系了几家，幸福村的青玉米棒，就都带着青春的气息出货了。

青玉米棒忙活得差不多了，滕七花早饭都没吃，他歉意地跟张四望说了家里的事儿。早在半年前，刘颖就提出了离婚。他一直憋着不吐口，不想活了快半辈子却把家过散了。"上次我跟她谈，说等滕铁峰高考完再说，她勉强答应了。昨天又催我回去，让我像个男人样儿，别再娘儿们似的拖拖拉拉。"滕七花无奈地摊着双手。张四望愣住了，他之前也猜到滕七花两口子可能出了问题，可他怎么也没想到都闹到了离婚的地步。张四望说还是心平气和地坐下来谈，儿子眼看高考了，有啥事儿不能调节非闹到离婚的地步。

滕七花摇头："刘颖说我老把儿子搬出来扯淡，还说我把儿子当幌子，其实，就是拖延时间。"张四望说："花哥你回去吧，拿出诚恳的态度跟嫂子好好谈谈。男人嘛，不能轻言放弃，男人就得有担当。青玉米棒卖出去了，提子和葡萄也都订得差不多了，也让小唐回家看看，他是独生子，他家老爷子的病就是熬日子，请保姆一个月要四千多块，还没有人乐意干，他妈都累得腰间盘突出了。上次，我到医院去看他爸，他妈走路都拐着腿。"张四望停顿了一下，又说："你俩先走，晚上我也回家看看，明早，我起早赶回来。宋黎一直病着。"

滕七花把后备厢的瓶装水和方便面火腿肠午餐肉都拿出来，说："队长要是没工夫做饭，就泡碗面，千万别不吃饭。要是把胃病饿犯了，我都没法跟宋黎交代。"唐溪水附和着说："是啊，是啊，队长还没生儿子哪。哪天，嫂子再找上来，我俩一个大伯子，一个小叔子都得找个耗子洞钻进去。从咱们驻村，我们俩就隔三岔五地溜号，真是不好意思……"

"你俩啥时候变成碎嘴子娘儿们了，消停停地回家得了。快走，快走——"

"队长，你今晚回家要个儿子吧。"唐溪水从车窗里探出脑袋，"没有小孩的婚姻不稳定。哪天嫂子再把你甩了，我俩上哪儿给你找那么好的媳妇去。长得好看，还会唱歌。"唐溪水嘻嘻地笑，"今晚要不上，我俩回来批你一个礼拜假，回家生孩子去。"

张四望一进门，被宋黎青黄的脸色吓一跳。宋黎人瘦了一圈不说，还有了黑眼圈。看见他，宋黎抿了一下嘴唇，她喃喃地说："全身没劲还老饿。一个劲儿地出冷汗，膝盖以下的小腿酸软浮肿。"张四望心口一阵悸动，他急促地说："去北京看病吧，找个好中医吃中药调理。再这么用西药也不是办法。"宋黎乐了，说："你是在屯子里待傻了吧，要是吃中药调理还用上北京吗？找刁思祥不就行了。""对对，我咋忘了他？我现在就去找他，把他从被窝里拽出来，也得给咱看病。"

刁思祥看了宋黎的 CT 片，又看了她口服的几种药，说无大碍，出虚汗、饿和没劲都是激素闹的。中药里加十五克西洋参，另外钙片也要跟上，喝中药后激素要逐渐减量，不能突然停下来……张四望先把宋黎送回家，然后找了一家药店去煎药，一直到十一点多，他才拎着一袋子药回家。第二天早上，不管如何不舍，张四望都得回幸福村。滕七花家里的事儿要处理，小唐家里的情况也需要他，他是第一书记，是队长，他不能在关键时候放下工作。平时宋黎就丢三落四的，张四望走时，写了一张纸贴在门上：

早中晚三顿药，饭后半小时喝。

8

　　驻村以来，张四望就没睡过一个安稳觉。早上，他刚头昏脑涨地泡了碗面，刘绍全便一脸愁容地来找他。"张书记，我知道咱村的提子和葡萄已经有了销路。刚才乡里来电话，还有五六个村子的提子和葡萄滞销，请咱们驻村工作队帮忙……"张四望嗯了一声，站起来用凉水洗把脸。刘绍全说："你先吃饭吧，看你焦黄的脸色指定又没睡好。"刘绍全边说往外走，说后腰屯的五保户昨晚病了，得去看看。

　　"我想想。有消息再给你信儿，你先去忙，我一会儿就过去。"

　　张四望无心吃饭，终于挨到上班时间，他给师大打电话请求帮助，还给法政学院打了电话。跟自己所在的学院说话，张四望底气足，他说师大不能解决，咱们院无论如何也要采购些葡萄和提子，虽然不是幸福村的事儿，但忙活一年的农民就指着秋天出钱了。学院当即就发了订单，说只要是农民的事儿，教职员工都支持。刚挂断电话，师大的领导也打来电话，让他跟后勤处联系，学生的餐桌也不能少了水果。一股暖流像一只小鸟似的跃动，张四望极想跟人说说话，他拨通滕七花的电话，问他怎么样了？滕七花说还在做工作，不管啥情况这两天都回村……张四望把刚才刘绍全找他的事儿说了。滕七花说他再想想办法，能卖出去一斤是一斤。张四望从滕七花那里得知，唐溪水到家的当天晚上，他爸突发水肿，住进重症监护室。张四望又拨通唐溪水的电话，安慰他别着急。唐溪水说："队长，幸亏那晚我回来，救护车来时担架进不去电梯，我背他下的楼。要不是我在家，我爸兴许就没命了。感谢队长，村里这么忙，我和花哥都不在……"张四望没让唐溪水再说下去，他说这是儿子应尽的本分，谁都有老的那一天。

"队长，我爸出院，我就回去。"

唐溪水电话的忙音振得张四望的耳膜疼。他上火了，耳朵眼儿火烧火燎地刺痒。

秋菜收获之前，蔬菜储存库也完工了。一部分秋菜拉到市场卖，余下的白菜、土豆、萝卜、大葱等都入储存库。冬天，就能反季销售了。张四望太想早日把鲜食玉米棒加工厂建起来，一座日生产三万穗的鲜食玉米棒加工厂，能让幸福村的农民当年就受益。幸福村的大田多以种植玉米为主。上个月，他和滕七花出去考察了两天，回来，他们更坚定了信心。一穗青玉米棒从农民手里三毛钱收上来，经过加工就能卖两块五到三块钱。蔬菜反季销售和鲜食玉米加工厂两个项目都建起来，再把庭院经济和养殖项目也落实了，幸福村就是一只能飞起来的大鸟。

为鲜食玉米棒加工项目，张四望睡觉都皱着眉头。他盼着滕七花和唐溪水快点回来，把修路和修排水的资金缺口部分再落实一下，不行的话他们就分头下去

"化缘"。就在张四望愁眉不展时，滕七花回来了。他进门就给张四望打了电话，说他软磨硬泡，又一次和刘颖达成协议，离婚的事儿先缓缓。还没等张四望说话，他说告诉你一件好事儿，修路的资金找到了，初中同学也是发小，这些年搞建筑发透了，他让咱们先可着手里的钱备料，工钱和缺口资金他都包圆了。电话那头的张四望都笑出声了，他说太好了，花哥的功劳大大的。滕七花说等他回来吃饭，他带回了几斤红肠，几斤酱排骨，两个猪耳朵，两个大列巴，还买了他最爱吃的松仁小肚。平时他们忙起来没工夫做饭，泡碗面就两块大列巴扛饿，一碗泡面两泡尿就没了。滕七花又到刘绍全家摘了两把兔子翻白眼豆角，搭配五花肉炖了。还没出锅，唐溪水回来了。滕七花说："你闻到肉香了？"唐溪水笑说："就知道你回来了，丰盛的饭菜没有酒哪能行。我带了五箱啤的还带了两瓶白的——"唐溪水说着从后备厢搬啤酒，还有一大袋子熏酱熟食。

张四望破例喝了一瓶啤酒，他说我今晚咋这么饿。唐溪水说："队长，你看到我和花哥高兴的呗。多吃点肉，要不没力气要孩子了。"张四望抡起筷子要敲小唐的脑袋，他一缩脖子躲了过去。

滕七花和唐溪水跑了半个月，把沙子碎石备足了。滕七花发小一接到电话，就把人和机器派了过来。发小说："为了农民兄弟，我就是赔了血本也没的说，何况我现在还赔得起。"

滕七花和唐溪水日夜盯在现场。

凌晨升了一场大雾，被浓雾包裹的幸福村，像一朵顶着伞的蘑菇。张四望他们仨从卫生所院里出来时，脸上的喜悦不言而喻。放眼望过去，白雾中若隐若现的幸福村美妙无比。幸福村的水泥路面贯通全村六个屯，排水也竣工了。县里和乡里要来开现场会，县长还要亲自给滕七花的发小披红戴花。现场会定于九点五十八分开，就在开会的前十分钟，躲在云层后的太阳嗖地出来了。太阳像一个魔术师，气势非凡地挥了几下手，笼罩在幸福村上空的白雾如纱幔一样徐徐地拉开了——屋顶的烟筒里升起一条条黄色灰黑色浅灰色的烟柱，一群白鹅嘎嘎叫着向村西头的水泡子走去。望儿站在人群外，嘴角带着一丝笑意。不一会儿，刘锁彤家的大黄狗也跑来了，它和望儿并排站着。

剪彩仪式正式开始，新闻媒体的相机咔咔作响。县长的讲话掷地有声，话音刚落掌声就响起来。张四望鼓掌时仰头望天，他期盼着能下一场大雨。

9

立秋后的一场大雨瓢泼似的下来，幸福村的排水经受住了考验。张四望和滕七花长吁了一口气，他们说又一块心病没了。

滕七花和唐溪水都让张四望回家看看，唐溪水说，我和花哥在这儿，你回家待两天。张四望正犹豫，驻村工作队和村两委第二次接到上级部门联名下发的文件，要求各村加速消灭泥草房的进度。文件上说，厕所改建全凭自愿，但泥草房必须消灭。张四望打消了回家的念头。

第二天，工作队再次到吴静余家。令张四望没想到的是，吴静余当场就申请盖房。

吴静余身高还不足一米五，村人背地里都叫他吴矬子。吴静余一生最自豪的是娶了个一米六五的老婆，生了个标板溜直的儿子。吴川继承他爸妈的优点，个子长到一米八三，白净的脸庞，一双大眼睛炯炯有神。吴川落生时，吴静余跪到外屋地咣咣磕头，他哇哇大哭地感谢老神老佛，不嫌弃他是个矬巴子，给他送一个好儿子来。吴静余盯着吴川一天天地出息，走路都挺着腰杆。他见人就说，别看俺长得又矮又矬，俺儿子高呢。吴静余扬手比画儿子身高时，都下意识地跳一下脚。可惜，儿子给吴静余带来的荣耀，没有让他乐和到老。

吴静余像做了一场噩梦，一看见儿子就失魂落魄地想哭。

　　吴川是村里唯一的本科大学生，学的是计算机专业。吴静余说要不是家里穷，能给儿子在城里开一家卖电脑的铺子呢。儿子托生错了人家，儿子怎么看都是城里的孩子呢。吴川情路也不顺畅，上大学时谈了两个女朋友，一个嫌弃他死脑瓜骨不会浪漫，另一个说他太穷了，跟他在一起，一个礼拜才吃一顿锅包肉，吃麻辣烫都得算计着吃。这对吴川的打击可不小，他发誓要回乡下找个朴实的姑娘。尚小云跟吴川是初中同学，她初中毕业说啥都不念高中，就到饭店当服务员。吴川回幸福村的第二年，在村口遇见正要赶回城里的尚小云。尚小云水灵得像顶花带露水的西红柿，吴川的眼神儿火光四溅。尚小云脸红了，背着双肩背包跟吴川打一辆跑私活的车，到县里看了场电影。吴川问她，城里的酒店饭馆就是一个交际场，你天天泡在那个场所没处男朋友？尚小云落寞地看着他，说我不出卖色相，我想谈一场心交心的恋爱。吴川一把搂过尚小云。吴川和尚小云结婚五个月，女儿吴悦然出生。吴川说等攒够了钱就到城里做个代理，卖品牌电脑，等挣了钱就在城里买楼，接他爸妈去城里有上下水的楼房住，到时候再生个儿子。尚小云说我也是这么想的。

吴川三十岁那年的冬天，无缘无故地疯了。吴川睡一觉起来，眼神儿就直勾勾地盯着墙角，说那里蹲着一只鸟，不停地咂巴着嘴骂他。吴川把尚小云按炕上一顿揍，又从炕上打到地下。他说是尚小云怂恿那只鸟骂他的，她还跟那只鸟通奸，被他抓了现行。他骂尚小云长一张嘴就知道骂人，骂他妈，骂他爸……当天，吴静余和老婆带着孙女到林甸花园乡的二姨家吃猪肉去了。走时说好当天晚上回来，但亲戚们聚到一起，吴静余多贪了两杯，二姨父说啥都留他们住两天再走。亲戚们都说婆婆有福气，虽然嫁个矮矬的男人，却生了个好儿子，儿媳妇尚小云还长了一张漂亮的脸蛋，苗条匀称的身材。衣裳洗得透亮，馒头也蒸得暄腾。咱们的吴川争气啊，要模样有模样，还是大学生。尚小云打着灯笼也找不着像吴川这样的好男人。尚小云就赌等着跟吴川吃香的喝辣的，到时候都得美出鼻涕泡来。吴静余两口子像腌渍在糖水里的两头蒜，通身甜蜜地支棱起来。吴静余给尚小云打电话，说俺和你妈在你二姨家住个三五日再回去。

除了猪圈里的两头猪，院子里还有十几只鸡鸭，再就是一条黑白花的狗。尚小云开始还爹一声妈一声地叫唤，后来连叫唤的力气都没了。她能从吴川的魔爪下捡回一条命，幸亏家里那条花狗。花狗扯掉吴川一条袖子和半个衣襟，才把他从尚小云的身上拉下来。吴川仿佛从一场长梦中醒转过来，他忽闪两下眼皮惊愕地看着地上的尚小云，问她怎么跑地上睡觉了？尚小云哇的一声哭出来："吴川你这么打我，是外头有人了吗？"吴川不知所以地眨巴着眼睛，他无辜地举起右手，盯着右手问："你打她了吗？你打我媳妇了吗？"尚小云抽噎着说："吴川你可真不是人，你差点打死我还装疯卖傻。"她吃力地坐起来，抽噎得肩膀直耸动。尚小云在炕上躺了一个多星期，她刚能龇牙咧嘴地下地做饭，吴川又把他妈揍了。

　　早上，吴川憋了一泡屎。他急慌慌地往外跑，迎面碰上他妈抱柴火进门。他突然指着他妈："你敢骂我——"吴川一个扫堂腿把他妈扫倒，骑在他妈身上劈头盖脸地打。吴静余和尚小云从屋里跑出来，使出吃奶的劲才把他拉开。吴川气得呼呼喘，指着他妈破口大骂："臭老娘儿们，你敢背后骂我是偷来的种儿，还骂我爸吴桫子——"吴静余啪啪地扇了他两巴掌。吴川又蹿上来要揍他爸，吴静余顺手抄起屋檐下的扁担，声称要不把牲口的脑袋瓜开瓢，就不是人……吴川往后一闪，身子压在栅栏门上，里倒歪斜的栅栏门顺势匍匐到地上。吴川看见吴静余手里的扁担突然愣住了，他爬起来说："爸，你干啥啊？好好的扁担，你把钩子都抡掉了。"吴静余愣了一下，一扁担抽到吴川的肩膀上。吴川趔趄着又差点栽倒，他愣怔地看着吴静余："爸，你搡我干啥，还下死手，你这是要让自己绝后吗？"

吴川他妈的胯骨裂了。

吴静余和尚小云这才发现，吴川不正常了。尚小云连哄带劝，把吴川哄骗到鹤市精神病院。检查结果出来了——妄想型精神分裂症。尚小云和瘫在炕上养胯骨的婆婆哭成一团，她告诉婆婆，医生说了，吴川的病会越来越重，还是早日送医院治疗。全家人一筹莫展地你看我、我看你，最后吴静余长叹口气推门走了。他东挪西凑，借了五千块钱，又把院子里的苞米卖了。吴静余家原本就不富裕的日子，突然又塌了一个大窟窿。婆婆好了以后，拖着半条腿走路。到医院拍片，由于骨裂的地方当时既没打石膏，也没打钢钉，长错位了。要想彻底治好，只有手术。婆婆说，俺都这个岁数了，还花钱做啥手术啊。有那钱还不如给俺儿治病呢。

尚小云却发现，从医院回来的吴川，只要不发病就茶呆呆地盯着一个地儿出神。问他看啥？他目光散淡地嗯一声算是回应。刚得病那会儿，吴川一年住两次医院，最近这两三年，吴川的病越犯越勤，基本上啥活也干不了。

吴静余家的日子就像西去的日头，暗淡得一团漆黑。

10

张四望带着工作队一入驻，就帮吴川办了农合医疗和低保，给吴静余两口子也办了低保。吴静余怕眼泪掉下来，他仰头时发现头顶上的乌云露出稀薄的光亮。他拉着张四望的手，翕动着嘴唇说不出话。张四望趁机动员他家盖房，当时吴静余还犹豫，他觉得盖房子不用他拿钱，事儿还得他张罗。家里就两个男人，一个矬子，一个疯子，两个人捏一块儿不顶一个。

再动员吴静余盖房，他爽快地答应了。

驻村工作队帮吴静余家搭帐篷，埋锅灶。考虑到吴川的情况比较特殊，又在村委会腾出一间办公室，让尚小云和吴川住。吴静余过意不去，说他俩住村委会算咋回事儿呢？村委会人来人往，万一吴川犯病再吓着别人呢。干脆把吴川送他二姨家住些日子呢，从小他就跟二姨对心思呢。张四望问他能行吗？吴静余说没事儿呢，小云隔三岔五去看看他呢。

吴静余说话带着"呢"的口头语，而且还拉着长音。

搬家那天，吴静余非得要杀一头猪庆贺。他去卫生所，请张四望他们去吃猪肉。张四望想了想，说现在先不庆贺，腊月时你杀头猪，到时候我们都去帮你操办。张四望知道，村庄谁家杀猪都请屯亲和村干部，可以借着吃年猪肉的机会，宣传一下消灭泥草房的政策和住彩钢房的好处。

腊月初九的前一天，张四望到城里买个电饭锅，买个大号的保温杯。吴川吃药比吃饭还准时，村庄冬天的气温要比城市低好几度。村里的人家多半都是靠炕取暖，上半夜的炕热得烫人，躺上去翻来覆去睡不着，贴在热炕上的身下出汗，露在被窝外的脑袋却被呼呼的小风吹得凉森森的。下半夜，炕就一点点地就凉透了。村庄的夜晚也长，凌晨就冻脑瓜骨了。碗里的水结了一层薄薄的冰碴儿。吴川就是喝带冰碴儿的凉水吃药，把胃吃坏了，常常胃疼得佝偻成一团，嗷嗷直叫。

　　吴川一犯病，就得麻烦左邻右舍和村干部。借着杀年猪庆贺乔迁，吴静余请了不少人。

　　张四望他们赶到时，一盆冒着热气的血肠和猪下水已经出锅了。村庄人家都是大铁锅，柴火火煮出来的饭菜格外香。就算是盖了彩钢房，吴静余还是给东西屋搭了两铺炕，他说，睡了一辈子火炕，习惯得离不开了呢。热炕比镇痛片都好使呢，干一天活，腰酸背疼全靠热乎炕解乏呢。现在烧秸秆犯法了，卖剩下的就得拉回家烧炕煮饭呢。尤其是苞米瓢子呢，冬天烧炕取暖不比煤差呢。村庄人过日子都精打细算，尤其吴静余这样的人家，儿子的病不指望好了。他一年比一年老，儿媳妇毕竟是女人，这些年跟吴川熬得神疲乏力，就孙女一根独苗，早晚还是人家的人。

前两年，吴静余还指望尚小云再生一个。要是孙子，儿子将来就有了依靠呢，户口本也有人接了呢，将来他和老伴走了，也能闭上眼睛了呢。儿子得了精神病，但那地儿没坏呢。吴静余让老伴给尚小云透个话，谁知尚小云哭得泪水涟涟。她万般委屈地说，你儿子地里的活不能干了，炕上的活也不能干了。吴静余知道后，真想找根绳子把自己吊房后的歪脖树上。尚小云才三十出头，再跟哪个男人扯犊子，扔下疯儿子和年幼的孙女可咋办呢？吴静余的天彻底塌了，他个子更矮了。吴静余两宿没睡着觉，第三天，他把家里的钱拿出来。尚小云瞥一眼他手里那几张可怜的纸票，说还是给我妈管吧，一年到头统共也就那几个子儿，不用掰手指头都能算过来，还用人管吗。吴静余脸腾地红了，他猜想尚小云是不想接这个烂摊子，儿子住院还得他这个亲爹到处张罗钱呢。两口子就那么回事儿呢，大难来了各自飞呢。

那以后，吴静余在尚小云面前谨小慎微，仿佛她是一只落在树杈上歇息的鸟，他大声说话都怕惊飞了这只鸟。又过了几个月，尚小云不但没有走的意思，对这个家也一点都没差样，甚至比以前更尽心尽力。屋里的事儿，地里的活，尚小云一声不吭地干。以前，尚小云和婆婆还偶有龃龉，自从吴川生病后，她不叫妈不说话。吴静余悬着的心落了回去，可是没过多久，他又忐忑不安起来。他怕尚小云干完活，就告诉他因为生活无望，因为吴川也无望，自己要走了呢。

尚小云每一次出门，吴静余的心都悬在嗓子眼儿，他怕儿媳妇一去不归。尚小云不回来，吴静余就坐卧不安，他一遍又一遍地出门张望。老婆问他咋像一头起秧子的公猪，坐不稳站不牢，整得别人心烦意乱。吴静余白了一眼满脸皱褶的老婆："你除了睡觉就知道吃，啥也不懂呢。"吴静余走出家门来到村口。尚小云从12路小客车上下来，突然发现公公的身影，她疑惑地问："爸，你在这儿站着干啥？我妈去二姨家了？吴川呢？"吴静余脸倏地红到脖颈，他支吾着说："没、没去，我跟着一条大黑狗就走到这儿了呢。"尚小云四下扫视，没发现大黑狗的影子。她心里想，难道公公眼花了？还是想找一条流浪的大黑狗做伴？尚小云心里一阵难过，公公被吴川的病折磨得也快疯了。

"爸，回家吧。"

吴静余走在尚小云的身后，他难过得几乎要哭出来。自从吴川生病，尚小云的眉头都没舒展过。可尚小云的身材和眉眼一点都没变，皮肤透亮地白。吴川的病是别指望好了，尚小云能否在他家生活下去也像天上的云，飘忽得令他摸不着头脑。

吴静余使劲地抹一把眼睛。一只猫从他面前噌地跑过去。"大黑天的，你干啥去呢？作死呢。"吴静余冲着猫的背影骂了一句。

11

吴川瘦得像一根柴火棍，但发起病来，两三个壮男人都按不住。生病后，吴川不发病就爱在犄角旮旯蹲着。去年夏天，他在屋檐下跟一只蚂蚁打架。他把蚂蚁用脚后跟踩死了，还抓起一把镐头咣咣地刨窗台。他说蚂蚁回家勾人去了，要不把它老窝端了，他就得被蚂蚁咬死……吴川脸白得像冬日夜空中的月光，晃得人睁不开眼睛。

张四望他们进门，坐在炕角落的吴川冲又高又壮的唐溪水龇牙笑。唐溪水招招手，说一会儿多吃点肉哈。吴川不笑看不出有病，只要一笑就露出傻气。他嘻嘻笑着招呼唐溪水上炕，说炕可热乎了。吴川倏地爬过来，脑袋冲炕头，脚冲炕梢，侧歪着身子横卧在炕中间。他手拄着半边脸，示意唐溪水也躺下来。唐溪水看着他笑，说我太胖了，像你那么拄着半拉脑袋，憋得上不来气。吴川又傻里傻气地笑，说没事儿，你坐着就行。吴川先是唱一首歌，《父亲的草原母亲的河》，他唱得不仅音正还极有味道。张四望的心一动，吴川没生病前一定是一个忧郁的美男子。唱完一首歌，吴川笑眯眯地问唐溪水乐意听不？唐溪水点头，说你唱得太好了，只要你不累，我就乐意听。吴川想了想，说不想唱了，他眼神儿空茫地望着北地的桌子，说桌上怎么躺着一条大蟒蛇啊？蛇还吐着通红的信子，是要吃人吗？屋里的人顿时紧张起来，吴静余站到张四望的前头。吴川又嘻嘻地笑起来，说这么多人，就算是大蟒蛇来了也是冲尚小云来的。尚小云那张脸太招摇了，像挂在树杈上的破布，离老远就能看见她在树上呼嗒呼嗒地飘。算了，不提尚小云了，提她没意思。干脆，我给你讲讲我赢钱的事儿吧。上次我们打牌，我抓了四个大王，把对家的两个小王和四个2干死了……吴川笑得直颤悠，口腔里的唾沫呛得他咳嗽不止。好不容易不咳嗽了，他又把脑袋掉过来冲炕梢，依然手拄着半边脸，脸朝向窗户，背对着大家。唐溪水问他，咋掉过去了？刚才那样不是挺好。咱俩说话看不见你脸，那多没意思啊。吴川说我翻个B面给你看看。你就承认吧，说说你那四个2是咋被我干死的。说呀，快跟大伙说说——吴川使劲地撅着屁股。先前，一屋子的人都憋着笑。这会儿，都止不住地大笑起来。刘绍全说，吴川这孩子太逗乐了。

吴静余惆怅地叹一口气。"吴川生病前，是一个可机灵的孩子呢。有眼力见儿，还会来事儿呢，学东西也可快呢。在学校时，唱歌还得过奖呢。谁见谁稀罕，都说俺养个好儿子呢……唉，俺前辈子指定是做啥坏事了，要不老天不能让俺长个矬巴子呢，还把俺儿子祸害成这样呢——"吴静余刚要抹眼泪，扭脸看见张四望，"多亏咱们工作队了，要不，俺这家就散了呢。俺这个半残废呢，把家扔给两个女人可咋是好呢。俺家小云再能干，俺也不忍心。"吴静余咳出一口痰，"不说了，今儿个高兴呢，俺吴烨子还能住上彩钢房呢，都是政策好呢，都是扶贫工作队好呢……"

张四望一点都不怀疑，吴川没生病之前一定是个聪明人。吴静余就是一个能说会道的精明人。

唐溪水喝半两白酒，脸就红得像一盆火炭。张四望让他喝啤酒。滕七花说唐溪水听吴川唱歌听高兴了，他喝白酒串皮，喝一口就像被火燎了。唐溪水咧了一下嘴，拿起一瓶啤酒用牙咬掉瓶盖。倒猛了，啤酒沫溢出来。吴川哈哈地笑起来，他指着酒杯说，你咋还开花了呢？粉花镶绿边儿，比尚小云给我那顶绿帽子还好看。吴静余把一块肥肠夹到吴川的碗里："儿子，蘸蒜泥吃呢。嗯，还有你最爱吃的猪翘舌呢。"吴川像是没看见肥肠，他掰一块猪肝，直勾勾地盯着唐溪水。"你吃，多吃点。我家猪肥，跟尚小云和我妈睡觉睡的。一到黑天，尚小云和我妈就拎着一个大桶到猪圈跟猪睡觉。她俩还因为谁先睡谁后睡打起来了。"他指着吴静余，"这个老家伙吃醋，把猪都打拉胯了……"吴静余急忙抢过话头："这谁跟谁对心思呢，真是说不好呢，吴川就跟咱们的唐干部对心思呢。从唐干部进门，他眼睛都没离开他呢。"唐溪水心里高兴，不停地点头说是的是的，我和吴川有缘……毕竟吴静余是最支持他们工作的村民，三十几户的泥草房让队长都愁白了头，他们嘴皮子都磨薄了，即便是政府出钱，村民们也不盖，理由是盖房搬家太麻烦。他们还说泥草房好，泥草房冬暖夏凉，每年开春抹一次房盖，上秋抹一次山墙，就相当于给泥草房穿件棉衣棉裤。冬天的风雪，就别想吹透一尺多厚的山墙。吴静余在村里带头盖了彩钢房，而且还杀年猪请大家吃肉，村里又有十几户人家也相继着手开始盖房了。

吴川也要喝酒，尚小云说吃药不能喝酒。吴川端着酒杯："你不让我喝，给你相好的留着啊？猪已经死了，你还想它呢。"尚小云脸上掠过一片红晕，她说那就喝一杯啤酒，喝一杯就行啊。尚小云细声慢语，像哄孩子。吴川端着酒杯跟唐溪水撞了一下，干了一杯啤酒，伸手还要。尚小云只得又给吴川倒半杯，吴川贪婪地一口喝下去。吴静余喝高了，舌头有点大，他说没想到这辈子还能住上集成吊顶的房子呢。住了半辈子露房笆的房子，晚上睡不着觉呢，就瞪着眼睛看檩子出神呢。这以后啊，俺一睁眼就能看见好看的吊顶呢……

从吴静余家出来，三个人的脚步有点凌乱。滕七花今晚也放开量了。来幸福村工作一年多，还从没好好喝顿酒。吴静余家的酒，像是他们对工作的一次总结，一次庆功酒。

进门，张四望泡了一壶浓茶，滕七花满屋转悠着嘻嘻笑。唐溪水拧开一瓶矿泉水，咕嘟咕嘟地喝下去。张四望瞄了他俩一眼说："早点睡吧。鲜食玉米深加工的项目抓紧，小唐明早打个报告，年前，我们集中精力跑一跑，资金就用我们带来的一百万元，建成后交由村部管理。"滕七花点头说："队长，驻村以来，你太辛苦了。鲜食玉米加工项目就交给我和小唐吧，我俩去乡里跑，你抽空回家看看。"张四望摇头说："还有件事儿，就是西红柿嘎啦果的种植。再者，我听说有的扶贫工作队还在研究种子培育的事儿，据说一粒种子要好几块钱呢。咱们不去研究种子的事儿，也别落后。"滕七花说："队长恨不能让幸福村一夜就富起来。"张四望看了他俩一眼，咂了一下嘴点头说："有点贪心哈。"唐溪水说："鲜食玉米种子的事儿也交给我，我抽空去趟长春，找找我叔伯侄子，他在长春读研，好像是什么种子科学与工程。"

唐溪水脑袋一挨枕头就睡了过去。

12

半夜时起风了，还夹杂星星点点的雪花。卫生所后面的一大块空地，据说原来是个养猪场，后来因为盖了卫生所，养猪场就拆了。空地一闲下来，有心眼儿的村民就盯上这块肥得流油的土地了，自主地建大棚种菜种玉米。像这样被占的土地还有不少，去年，刘绍全上任就有把土地收回来的打算。工作队入驻后，村里被私自占用的土地就都收了回来。如果打算继续种，就向村里缴费。村里欠着外债，耕地出租是一笔不小的收入。地租用来还债，用来搞村里的建设，既惠及村民，也有利于幸福村的发展。张四望早就看好房后的大棚了，他跟刘绍全说过，想租下来搞绿色种植试点。从土地改良开始，种真正的有机蔬菜。现今的土地都被化肥拿得僵硬死板，像画着一张浓妆的脸，要想用农家肥改良不仅需要时间，还需要用心。刚入秋，张四望从工资里拿出三千元钱交了租金，滕七花和唐溪水又出资把大棚维修了一下，还装了铁炉子买了煤。唐溪水打趣，说以后咱们都不在外头上厕所，肥水不能流失。唐溪水说到做到，每次从外面回来都夹着腿往大棚后的厕所跑。早上出去前，滕七花总跟他开玩笑，让他拉干净尿，省得拉别人家的厕所就白瞎了。

冬天来之前，他们就从村民家买了十几车羊粪。刘锁彤还送来三车鸡粪，他说你们要搞绿色种植，说实话这点粪根本不顶啥事儿。现在的土地跟过去可不一样，过去的土地都是喘着热乎气的活地，现在的土地早就死了，就剩一个骨架子了。土地都是被化肥药死的，还得以毒攻毒，化肥就像给快要咽气的人打的氧气。没有化肥，粮食就没产量，还长得七扭八歪。俺对你们的绿色种植不抱啥希望，俺就不信你们能把一个断气的人再救回来。滕七花说我们就要试试，先从改良土地开始，从自己做起，让中国人吃到真正的绿色粮食和蔬菜。

刘锁彤朝手心里呸了口唾沫，把鸡粪扬到地里。扬完了鸡粪，他说想把要咽气的土地救回来，还有一个更好的办法，就是把大粪放到大铁锅里熬熟了再拌到土里发酵，那肥才有劲。说罢，三轮车冒出一股黑烟，像一只大蚂蚱蹦跶着走了。

"刘锁彤的腿见好了啊，都能开三轮车了。"滕七花眯起眼睛看着远去的三轮车。

张四望他们就在大棚里种了白菜、油菜、生菜、香菜和茼蒿。张四望说，试种成功了，我们种的纯绿色蔬菜的收入，就捐给村里的小学校。滕七花说，自从宋黎想要孩子，咱们的第一书记，三句话不离孩子。张四望笑着问，我有吗？唐溪水点头，说有，而且很严重。我和花哥都能看出来。

春节前，大棚的菜长出了一拃多高，虽然有些菜长成一根细线，有的长得弱不禁风，但是口感非常不错。他们三人还准备回师大时带一些，先给师大的领导们尝尝。唐溪水到县里的鲜花店买了几盘扎花的彩色纸带，给每一把菜都绑了一条。滕七花说他把普通的农家菜，打扮成了嫁妆。唐溪水嘻嘻地笑，说打扮好看点，让领导们过目不忘。果然，师大书记看到他们送来的菜乐了，说你们的菜能吃吗？我看得拿回家供上。书记说完笑了，他说吃人家的嘴短，我是吃还是不吃呢。张四望说书记，我们就是想让您尝尝，这绝对是小时候的味道。书记说好吧，那我就回味一下小时候的味道。师大就是你们的家，也是你们的靠山。齐心合力，没有过不去的火焰山。第二天上午，书记给张四望打电话："我确实找到了小时候的味道。"

张四望他们更坚定绿色种植了，他说："明年开春，咱们就种植西红柿嘎啦果。"

夏天上厕所还挺风凉的，厕所旁边的两棵柳树长得生机勃勃，枝条柔韧树叶油绿。唐溪水说两棵柳树长成精了，得益于厕所这块宝地。而到了冬天，萧条的村庄就像一幅寡淡的水墨画，喜鹊的叫声都显得孤寂和苍凉，一到晚上，稀疏的灯光也早早地熄灭了。赤条的柳树瑟瑟地抖动，寒风中发出哀愁的哨音。半夜，唐溪水果然被尿憋醒了，小肚子胀得都不敢伸腿。他趿拉着鞋推开后门，倒腾着碎步往厕所跑时，故意噼里啪啦地弄出响动，为的是给自己壮胆。唐溪水平时不怎么得意望儿，源于他怕狗。望儿是一条能看出眉眼高低的狗，它对唐溪水始终保持一定的距离。寒冬腊月，望儿看到是唐溪水起来撒尿，更懒得起来摇晃尾巴，看了一下就撂下眼皮。唐溪水差点撞到厕所的墙上，他对着粪坑解手时，突然有人不轻不重地拍他后脑勺，他哆嗦了一下，起了一身鸡皮疙瘩。

"别闹，别闹啊——"唐溪水颤巍巍地哀求。脑后拍他的那只手，又不紧不慢地拍了他一下。唐溪水手里的手电筒啪嗒掉在地上，他转身就跑。他跌跌撞撞地跑回屋里。张四望和滕七花都忽地坐起来，问他咋了？

"有怪物拍我后脖颈。"

"扯淡——"张四望又仰躺到床上。

"要是真有怪物，咱们就抓来烀了吃肉，没准还能长生不老呢。"滕七花咕哝两句翻身又睡了。

第二天，唐溪水总喊肚子疼，过了两天开始尿血。张四望让唐溪水回家将养，将养了半个月，尿血的毛病也没好。

张四望用微信给唐溪水发去了刁思祥的电话，让他去看看中医。唐溪水很快回了一个笑脸。

13

听见门响，望儿蹿过来使劲地摇尾巴。张四望摸了摸它脑袋，走，咱们去找你相好的去。望儿衔住张四望的裤脚兴奋地叫了两声。

刘锁彤拎着一桶泔水出来，看到张四望，他愣怔了一下，不自在地咧了一下嘴。大黄狗低吠的叫声像唤奶的婴儿,望儿撒欢地跑过去。张四望哧地笑出声,心说狗也是讲情分的。刘锁彤老婆正在锅台前起黏豆包,看见张四望,她在围裙上搓了搓手。刘锁彤老婆用苞米叶蒸的黏豆包。一片苞米叶上的三个黏豆包,像穿着蓑衣缩头缩脑的小猴。张四望深深地吸了一下鼻子,大黄米的香气和苞米叶儿的清甜钻进鼻腔。张四望没蘸白糖,他不想让白糖掩盖住大黄米和饭豆本来的味道。刘锁彤老婆手艺果然好,面发得恰到好处,筋道弹牙,豆馅攥得紧实。乡下人家,谁家的女人大酱下得味正,酸菜腌得爽脆,豆包蒸得筋道紧实,男人在外说话都挺着腰杆。

刘锁彤嘶哈着进门,抖着肩膀搓手。张四望觑了一眼刘锁彤:"鸡鸭鹅最大的多少斤?总共有多少只?"刘锁彤一边说话,一边拿起柜盖上的烟笸箩卷了一支烟,伸出舌尖用唾沫沾上,点着火递给张四望:"市场上卖的烟叶冲,生痰。俺这烟叶是园子里种的,尝尝,好抽得很。"张四望摇头,说享受不了这玩意儿了，还是爱吃豆包。他看着刘锁彤，说道："把村里的鸡鸭鹅都收上来，你负责宰杀。每只加收五毛钱宰杀费，包装箱已经订了，明天送过来。十天之内，收拾干净冻实心后装箱，等车来拉。"这些日子，刘锁彤又有点叽歪，张四望明白，他是怕工作队撒手不管。院子里的鸡鸭鹅都到了出栏的时候了。

张四望推开房门，望儿也蹿了过来。张四望摸着望儿的脑袋："你和大黄亲热够了？"张四望若有所思地皱了一下眉头："咋没看见你家大花猫？"刘锁彤呸了口唾沫："猫这玩意儿可别养。好吃好喝地养着它，它还蔫不声地走了。"张四望和望儿不紧不慢地走出了刘锁彤家，都快走到村卫生所了，刘锁彤哼哧带喘地追上来："张书记，我寻思你不管我了。昨天，我给县里写了告状信，对不住，真对不住啊。我再给他们写封信……"张四望瞅了他一眼，脚都没停一下就进了院。

两个月前，狐貉养殖场要一个做午饭的厨师，张四望把尚小云推荐过去。养殖场的李场长说要找个男的，还说想找个有厨师证的。李场长说，可别小看俩菜一汤，二三十人的午饭可是力气活。张四望说先试用两个礼拜，不行再让她下来。再说，你们又不开小灶食堂，有招待也是去外面吃，要厨师证干吗？你别看她瘦筋格拉，干活可是一把好手。李场长呵呵地笑，说张书记推荐，那就让她来试试吧。要是能干，每月工资一千五。

尚小云到养殖场上班都一个多月了，张四望也没顾上过来问问。

张四望进门时，尚小云还没回来。张四望问不是只做一顿午饭吗？吴静余呵呵地笑，说李场长可真是一个大好人呢，知道俺家的事儿呢，又给小云安排扫屋烧水倒茶的活呢，一个月多给五百块钱呢。张四望比吴静余还高兴，五百块钱对这个家也是一笔不小的贴补。吴静余家是驻村工作队帮扶的典型，养猪养鸡鸭鹅不算，还在自家院子里搭建了一个小型育苗棚。

春天卖苗也是一笔收入。再加上低保，产业带动，残疾人补贴，农业补贴，明年他家就能脱贫。吴静余家要是脱贫了，也能带动其他贫困户。吴川睡着，张四望和吴静余闲聊一会儿，又问了问吴川的病情，叮嘱千万别断药。又说了一会儿闲话，张四望和望儿才从吴静余家出来。推开房门，寒风忽地扑上来，张四望一点都没觉得冷。望儿跑在他前面，还不时地回头看他一眼，等他一会儿。"望儿，一会儿你吃根火腿肠，我吃碗泡面。"望儿撒欢地跑回来，衔住他羽绒服的衣襟猜猜地叫。

滕七花回家七八天了，唐溪水病也没好，张四望一个人在村里又跑鲜食玉米加工项目，又操心蔬菜反季销售的事儿，忙得脚都不沾地。原先，冷库只有四五个人干活，这两天出菜量大，刘绍全又安排了五个人。农闲，又是寒冬腊月，村民都争抢着干。张四望说干脆轮班，今天这个屯出十个人，明天那个屯再出十个人，由屯长安排。刘绍全说这个办法好，省得鸡声鹅斗的有意见。

路上，张四望给唐溪水打电话问了他病情，小唐说吃了半个多月中药，小腹不那么胀疼了，只是尿血还不见好转。张四望安慰他，说中药来得慢，坚持吃一两个月不信治不好。你那么年轻，又是田径运动员……挂断电话，张四望突然揪心地想宋黎，他愣了一下神儿，还不到五点，于是小跑回到卫生所。他把望儿安顿好："望儿，对不住了。今晚给你两根火腿肠，我回家看看，明早回来哈。"

在望儿狺狺的叫声中，张四望的捷达车一溜烟儿地冲出卫生所大院。上了国道，捷达车像一支离弦的箭。

宋黎呀了一声："你咋不声不响就回来了。"张四望笑着说："太想你了。听说《狼伴归途》很好看，咱们不做饭了，出去吃，一会儿再去看晚场电影。"宋黎说："拉倒吧，在家对付一口得了，我累得不想看电影。"

自从驻村以后，每次见到宋黎，张四望都觉得她跟以前不一样了。究竟哪不一样，他也说不出来，反正心里怪怪的。张四望赔着小心跟在宋黎身后。宋黎奇怪地看着他："跟着我干啥？还不快洗洗你身上的土腥和烟油味。"张四望笑了笑，说："进谁家门都给你卷一支旱烟，抽不抽？不抽，村民脸上挂不住，觉得你瞧不起他。我还好，他们都知道我打算要孩子，不抽烟不喝酒。"张四望边说边把脱下来的衣物敛在一起，塞进洗衣机里。洗衣机沉闷地转动起来，他进厨房给宋黎熬了黄芪大枣水。没驻村前，每天他都给宋黎装一保温杯黄芪水带着。熬好了水，宋黎慵懒地嗅一下鼻子："怎么有一股怪味呢？"张四望怔了一下，喝一口咂了咂嘴说："挺好喝的呀，可能是你病刚好，喝了那么长时间中药，味觉还没恢复过来。明儿个去买点山楂糕、山楂卷吃。"

　　夜色像调情的小妖，清凉而又幽静。他强行搂过宋黎，她半推半就地随了他。在他沉重的喘息声中，宋黎却转过头去睡了。张四望有点心酸，以前他们可不是这样，亲热后，他们都意犹未尽地叽里嘎啦地聊到后半夜。他们永远有说不完的话，相拥着睡过去时还咂着嘴。张四望安慰自己，或许过到一定年头的夫妻都这样吧，腻歪已经不属于他们这个岁数了……这一夜，张四望的梦七零八碎。早上起来，他觉得浑身乏力。他还是硬撑着起来煮了粥，熥了两个肉包子，又给宋黎的保温壶装了黄芪水，放在门口的鞋柜上。宋黎肺感染好了后，体力一直没恢复过来，要是大枣黄芪水能供上就好了。张四望下楼时，天还披着轻薄的青纱。在外头冻了一宿的捷达车，老气横秋地哼叫了几声，才顺畅起来。路上，他不停地看手机，他想宋黎醒了会给他打电话。但张四望都到幸福村了，手机却像结冰的水面。他心里空落落的，他想宋黎是不是睡过头了，她上午还有活动。他给宋黎打了电话，宋黎说活动改晚上了，好好的懒觉被你搅和了。

张四望打算直接去乡里，还是鲜食玉米加工项目的方案，又想起报告没在车上，便在幸福村的路口下去。钥匙刚插进锁孔，刘绍全呼哧带喘地跑进来，说吴川犯病了，光着屁股在村子里追一只大公鸡。张四望的钥匙还在门上挂着，就和刘绍全带两个村干部去找吴川。跑得满身大汗，才在前腰子屯高超家的柴火垛找到吴川，被他追撵的那只大公鸡也倒在他身边。高超说他亲眼看见大公鸡倒地咕噜两声，就气绝身亡了。他说大公鸡是活啦地被吴川撵死了，能撵死一只大公鸡除了吴川再没有第二个人了。

吴川可能是跑累了，蜷缩在柴火垛上上气不接下气地喘着粗气。

14

傍晚，从乡里回来的张四望感冒了，清鼻涕长淌，全身骨头疼得像要散架。他泡了一碗面，只喝了两口汤就撂下了。给炉子添一撮子煤块，他想捂出一身汗明早就好了。望儿哼唧一声，站在屋地担忧地看着他，张四望示意它没事儿，让它睡觉。望儿晃着尾巴走过来，蜷缩在他的床下。张四望一点都不困，他看着望儿笑了。早先，滕七花和唐溪水给望儿在房前搭个窝。张四望说前院人来人往，狗老汪汪地叫不好。唐溪水又把狗窝挪到房后了，滕七花还跟唐溪水开玩笑，说以后上厕所有望儿给你保驾护航，就不会害怕了。谁知道，唐溪水被树枝拍了，望儿跟没事儿似的。滕七花点着望儿的脑门，你太不够意思了。唐溪水苦兮兮地看着望儿，说拉倒吧，你以为望儿不懂人语啊，它才奸呢。它根本不待见我，我晚上出去，它从不哼哼一声。要是听到队长的脚步声，无论多冷，它都老早地起来晃悠尾巴。一直目送他从厕所出来，还哼哼唧唧地叫。滕七花笑，说你俩扯平了。张四望接过滕七花的话茬，就冲你给它搭的那个四下透风的窝吧，它都不能管你。唐溪水歉意地说等我好了，再给它搭个窝。开春，我给它盖个带窗户的砖房。张四望说得了吧，等你给它盖房，它就得冻干巴了。第二天，张四望找来一块毛毡，铺到狗窝里，又找来油毡纸压到狗窝上。

唐溪水和滕七花不在，他就把望儿放进来。望儿兴奋得狺狺地叫，眼角湿润地看着他。

风把窗户上的塑料布吹得呼嗒呼嗒地响，张四望拿起手机又放下，他真想跟宋黎说会儿话。宋黎觉好，脑袋一挨枕头就睡。张四望说这得益于她常年喝大枣黄芪水的缘故，气血旺。宋黎笑说等感恩节时，我给你发个大红包……他和宋黎结婚都十几年了，可是一想起她，心还会慌慌地跳。或许，他爱得太深了，就会无端地生出惶恐和不安。张四望曾劝自己，别老想着宋黎，越是在意越患得患失。那天下大雪，他正在县里开会。看着窗外飘舞的雪花，心忽悠一下。他给宋黎发了微信，说雪大路滑慢点开车。宋黎回复，说你们幸福村的雪可真多啊，我的天空万里无云。宋黎还给他发了一个状态，一头叼着玫瑰花的小白猪。

张四望笑了，他觉得自己就爱瞎想，宋黎还是以前那个宋黎，可能是自己驻村后，压力过大才爱瞎寻思。

张四望的感冒一直没好利索，刘绍全让他打两针滴流就好了。张四望说算了吧，一般感冒都得六七天，挺到日子就好了。一天下来，张四望走了四个屯子，说通了九家，他们答应明年开春就盖彩钢房。剩下的十三家，有的嫌四十平方米的彩钢房小，想要六十平方米的彩钢房。张四望说你家的条件就够拨四十平方米的款，要不就自己再添点，盖个六十平方米的吧。有两家动了心，说再商量商量，过完年给他回话。张四望想快点把泥草房的事儿落实了，别说上头催得紧，他也想腾出手跑鲜食玉米加工的项目。等滕七花和唐溪水回来就好了，也不知道滕七花的事儿咋样了？他怕滕七花着急，这几天都没好意思打电话。

张四望认识滕七花老婆刘颖，她是师大办公室副主任。张四望跟刘颖打过交道，人挺随和，有点慢性子。按说，两个人一急一慢正好互补，可他们俩怎么就过不到一块呢？张四望叹了口气，有时候，两口子的事儿外人参不透。自从和滕七花一起驻村，他对他就有了了解，包括他的家庭。张四望曾问过他，咋起一个七花的名字，多女人啊。滕七花笑，说他妈一口气生了六个小子，他妈盼闺女都盼红眼了。结果，到他这儿还是个小子，他妈气得差点吐血，三天不给他喂奶。滕七花说要不是五哥，天天喂他半碗小米汤，他就饿死了。五哥哀求他妈，说七弟长着一双毛乎乎的大眼睛，可好看了。他妈这才看他一眼，毫不犹豫地给他取名滕七花。滕七花说自己一哆嗦就长大了，记忆中从没吃过药。有一年冬天，他发烧，他告诉他妈说脑袋疼。他妈让他上炕头捂汗，捂一身大汗，他觉得肚子里像着一把大火，就到水缸前刨下一块冰，咯嘣咯嘣地吃了，又躺炕上睡一觉就好了。他高考那年，老师拿着录取通知书去他家，他妈恍然大悟地哦了一声，好像才记起家里还有个七儿子，七儿子要上大学了，而且还是名牌大学。

滕七花大学毕业后分到师大，那年他妈走了。他说母子情分就这么浅，他还想有着一日，让他妈享他的福呢。他妈走时，滕七花硬是没掉一滴眼泪，跪在坟前磕了三个响头。每年的清明节，哪怕他在外地出差，他都赶回去给他妈上坟。他提副处长那年，他爹没了，他回老家重修了坟，给爹妈并骨。坟前铺了大理石，立了石碑还栽了树。他跪在大理石板上，点燃三炷香给爹妈磕头，磕咣咣响的头。刘颖还给六个哥哥，每家包一千块钱红包。第二天早上，他拉着妻儿出村时，在村口停下来，他下车抽了三支烟。刘颖问他："你是借着抽烟跟村庄告别，以后不回来了？"滕七花乜斜着看了她一眼。那以后，除了清明，他很少回老家。后来，他和刘颖之间就出了问题，问题究竟出在哪儿？滕七花到现在都找不出来。反正俩人就淡了，别说关心，连话都懒得说。儿子滕铁峰都看出来了，他说老爸，你和我妈怎么了？我看你俩都该谈恋爱了，否则你俩都过得有气无力。要不，你俩都出去找个人谈场恋爱，不合适再分手。滕铁峰还说，老爸你不是喜欢长头发的女孩吗？看这架势，让你和我妈再生个女儿也不太可能。再说养个孩子多麻烦啊，我凭空添个妹妹好是好，就是我俩得有代沟。干脆你出去找个长头发的女孩，谈场轰轰烈烈的恋爱吧。我妈也是，她不是喜欢有英雄气概的男人吗，找一个试试呗。有英雄气概的男人多半不会浪漫，还糙。到时候兴许你俩还觉得彼此最合适，你俩再回来一起过。反正我是一点意见都没有……滕七花跟张四望抱怨，说现在的孩子开放的程度，比决堤的水坝都汹涌，没有他们不敢说不敢做的事儿，只有你想不到。

张四望恍了一下神，说这也挺好，儿子不藏着不掖着，至少心态健康。说起儿子，滕七花眉头才舒展。张四望劝他都过二十来年了，咋说离婚就离婚呢？别把离婚挂在嘴头上，伤感情。滕七花无辜地摇了摇头，她死活都要离，我都别一年多了，我甚至哀求，说离婚也行，等儿子高考后再办。刘颖撇嘴，说我想多了，儿子才不在乎咱俩离不离婚。他说了，咱俩跟谁过都是他爸他妈。我原指望儿子能从中间拦一下，没想到，这小兔崽子比我还想得开——滕七花摊开两只手。张四望扑哧笑了，说现在的孩子思想开放，可能是我们老了。

"这要是我妈活着，非得跟我上火。别看小时候她不待见我，自从我上大学，我妈眼里就只有我。"滕七花眼睛里布满血丝，像喝了一场大酒。张四望没法劝了，有一天宋黎要是跟他提出离婚，他绝没有滕七花这两下子——张四望攥起拳头使劲地抠自己的手心，他觉得这个想法不吉利。

"要是咱两家串换串换就好了，我妈因为生丫头可没少受我奶气。"张四望笑得一点都不自在。

冬至那天，下了一场大雪。大雪从早上开始下，一直下到半夜。滕七花回村时，正赶上这场大雪。他一进卫生所的大院，没看见灯光，就知道张四望不是下屯就是去开会了。天黑了，滕七花才听见张四望拉手刹的声音。他迎出门，张四望笑呵呵地说："回来了。正好有好事儿告诉你，鲜食玉米棒加工项目批下来了，年后，我们就开始干吧。明年夏天，项目就能上马，村民当年就能获利。"滕七花由衷地高兴，他笑着说："你累得够呛吧，眼角都瘦出皱纹了。"张四望说："瘦点好，省得减肥。你的事儿办完了？哎，穿这么亮的皮鞋，我批准了吗？"

滕七花笑了，说："我这是穿新鞋走新路。给自己找个寓意，趁机买一双新鞋。"滕七花的嗓子有点干涩，张四望知道他心里难受。那晚，滕七花喝了半斤酒，他俩聊到半夜，话题都没离开刘颖。滕七花说，这辈子哭的次数有限，刘颖生滕铁峰时，他哭了，发誓要对这个女人好一辈子，女人太不容易了。黑暗中，张四望听出滕七花的哽咽，他说别说那些伤感的事儿了，只要不愧对良心就行。

滕七花笑说没事儿，屋里有风，我这鼻子冷风过敏。

15

快过年了，唐溪水回来了。张四望和滕七花异口同声地问他："好了吗？"唐溪水不好意思地笑了，说差不多了，这不把粮食都带来了，还是这玩意儿好使。他看着张四望，说我媳妇说趁着过年给刁大夫买两瓶酒，找个时间送过去。刁大夫那人太好了，说话细声细语，总是笑呵呵的，医术还高。

唐溪水回来的第二天傍晚，刘绍全送来了两方五花肉，两根血肠，一个肘子。滕七花说咋没给我们拿棵酸菜，嫂子腌的酸菜又酸又脆。刘绍全拍着脑门说："忘了，忘了，现在就回去取。"滕七花炖了酸菜血肠五花肉，又捶了蒜泥，切了半个肘子。吃饭时，唐溪水告诉张四望一件事儿，听说尚小云和养殖场的李场长搞到一块儿了。张四望张大了嘴，真的假的？唐溪水说只是听说，前腰屯卞小个子的媳妇也在养殖场干活。张四望喝了一碗酸菜汤就撂下了，他忧心忡忡地说，要是真的，吴静余家的日子就塌架了。

小年的前一天，张四望让滕七花和唐溪水回家。他知道，唐溪水他爸刚从医院出来，让他回去陪陪老爷子，买买年货。他对滕七花说，你也早点回去陪陪孩子。滕七花呵呵地笑，说我不急，滕铁峰在他妈那儿呢。嘻，没了牵挂的男人脚底没根，走路都觉得飘。滕七花又拖了两天，在网上寻找鲜食玉米加上设备，又向几个大厂家询了价格后才走。滕七花临走时告诉他，说昨天晚上，他到养殖场给厂家发传真，看见尚小云从李场长的办公室出来。看见他，尚小云闪身从走廊的侧门走了。看来尚小云和李场长这事儿，不是空穴来风。

张四望皱着眉头没说话。

腊月二十五下了一场大雪。雪一停，吴静余第一个扛着扫帚出来扫雪。刘锁彤和老婆也一前一后出来扫雪，随着吱吱嘎嘎的门响，幸福村一大半人都扛着板锹和扫帚走出了家门。和村民们扫了一上午雪，下午，张四望和刘绍全到乡里开会。

　　张四望进门时，吴静余家还没吃晚饭。尚小云从雾气缭绕的锅台前抬起头，看见他，愣了一下神儿。张四望问了一句，没吃呢？尚小云嗯了一声。他推门进屋，差点儿和吴静余撞上。吴静余从里屋的咸菜坛里夹了一碗碎咸菜。看见张四望，他说正好吃一口呢。酸菜粉条五花肉，肉馅包子，苞米浆粥呢。张四望说正好饿了。吴川的脸色白得像一张纸，看他进来，眼巴眼望地往门口瞅。张四望说，唐溪水过完年就回来，他说回来给你带个拉力器，教你练力量。吴川跳下地，抓起个肉包子塞进嘴里。尚小云把苞米浆粥端进来，她给张四望盛了一大碗。张四望嘴贴着碗边吹了两下，一股青玉米的香气令他咂了一下嘴，他吸溜吸溜地喝下半碗。秋天时，村民都把青苞米打成浆冻上，吃时，拿出一坨。摊在苞米叶上，加上葱花咸盐蒸干粮，或者煮苞米浆粥。

吴静余兴高采烈地跟张四望说，吴川这次住院，新农合报销一半还多呢。吴静余笑得嘴都合不上了。"这不，小云给俺和她妈买了新毛衣新裤子呢，还给吴川从里到外都换了个遍呢。"吴静余叹了口气，"唉，俺们已经好几年没添新衣裳了呢。"张四望第一次见到吴川和尚小云的女儿吴悦然，小姑娘继承了爸妈的优点，长得漂亮，学习成绩也好。吴悦然叫了一声叔叔好，张四望喜欢她落落大方的劲儿。张四望的心情一下子轻松了不少，尚小云就冲那么好看的女儿，也不能离开吴家。

雪后的天冷，就连星星都投射下来冰凉的光。张四望从吴静余家出来，冷风灌到脖子里，他打个冷战。张四望深深地吁了口气，吴川那张苍白的脸又浮现出来。手机有信息提示音："啥时候回来，爸妈还等着你酱牛肉呢。"张四望愣了一下，宋黎好久没这么跟他说话了。张四望往大衣兜揣手机时，手机啪嗒掉在雪地上。望儿担忧地看着他，他郁结的心豁然明朗起来——宋黎的变化是对生孩子不那么热心了。这有啥呢，宋黎想要孩子就生，不想要，他俩也能把日子过得挺好。

张四望和望儿往卫生所的住处走，正是顶风。张四望颔首埋胸往前走，弓着腰像一个老头，而寒风把望儿的毛都吹拂起来，露出白刷刷的皮。

后来的村庄

1

正月初五傍晚，望儿狼吞虎咽地吃了五个猪肉酸菜馅饺子，偷偷地越过院墙，从刘绍全家跑出来。它一路狂奔到卫生所，猎猎地叫着挠房门。望儿的叫声哀怨而又急切，像是急于去啃一块猪骨头，又像是迫切想与大黄约会。刘绍全匆匆地从院外进来，他呵斥望儿，俺还以为你跑刘锁彤家找大黄了，整了半天你跑这儿来了。你就不能让俺在家消停地过个年吗？你主人也快回来了，你闹啥啊。可真不让人省心，俺酒还没喝就出来找你。等你主人回来还不扒你皮……被刘绍全劈头盖脸地一顿呵斥，望儿耷拉着脑袋，低眉顺眼地不敢看他。

"走，跟俺回家。"

"快走，跟俺回家。"

"快点走啊，跟俺回家吧——"

望儿像被判了重刑的犯人，不情愿地扭搭着屁股跟在刘绍全的身后。寒风掠过卫生所门前那排杨树的树梢时夹杂着啜泣声，枝条也尽情地舞动。刘绍全推开自家的院门，站在门口耐心地等着磨蹭的望儿。"你能耐啊，你真是长能耐了，学会跳墙逃跑了哈。"望儿望了一眼那扇黑漆的大铁门，犹疑着站住了。它竖起耳朵凝神地听了一会儿，突然掉头跑走了。刘绍全愣了一下，随即就笑了。"书记回来了。望儿，俺回屋整两个菜，让你主人来家里吃饭啊。"刘绍全搓着手，"鬼天气，都快立春了还冷得咯嘣咯嘣的，像啥玩意儿啊。"刘绍全转身缩着肩膀回屋了。

望儿一溜烟地朝 301 国道跑去。腊月二十九下了一场冒烟大雪，哩哩啦啦地下到年三十的上午。还没等清雪，就被进村和出村的车辆碾压成寸厚的雪冰。大年初一又飘了雪花，路上的雪冰就硬滑得宛如一面光亮的镜子。望儿果然滑了后脚，屁股扭了一下差点坐地上，它叫了一声又起身跑走了。

张四望的车从 301 国道下来时，白哧哧的车灯正好打到站在路口的望儿身上。路口没有遮挡，凛冽的风如入无人之地，尽情地嘶鸣着。望儿瑟瑟发抖地站在风口里。张四望笑了，他一脚刹车，捷达车向前滑出一米多远才停下来。他摇下车窗招呼望儿快上车，又伸手拉开副驾驶的车门："上来，这天冷得邪乎。"望儿猖猖地叫着，前爪搭在车座上，身子一跃就跳上副驾驶。张四望抓挠着望儿的脑袋，望儿尽情地舔他的手，猎猎的叫声像是唤奶的小童。

张四望刚拐到卫生所的下道，望儿汪汪地叫起来。张四望带了一脚刹车，随即哦了一声："你是说咱们去刘书记家吃晚饭吧？"望儿深邃的眼神儿闪出星光似的亮儿。他哧的一声笑了，搂一把方向盘朝刘绍全家开去。张四望看一眼怡然自得地坐在副驾驶的望儿，发现它眼神儿里有一丝得意。他又抚弄一把望儿的脑袋："望儿，你越来越聪明了哈。"他的车刚停到大门口，刘绍全推门迎出来，刘绍全握着他手："回来了，回来了。别说俺真还想你了，望儿刚才从院墙跳出去跑回卫生所，俺强巴火地把它弄回来，还骂了它一通。它走到大门口说啥也不进来，又朝公路那边跑走了，俺就估摸你回来了。"他俩一前一后进了屋，张四望发现刘绍全的脸膛微微发红，问道："你喝了？"刘绍全端起灶台上一大碗尖椒炒肥肠："望儿太有灵性了，俺没想到你今天就回来。刚初五，也不在家多陪弟妹两天，弟妹哪能没意见？"张四望低头进了里屋门，说："嫂子没在家啊，我说咋是你炒菜。"刘绍全把手里的大碗放到桌子上。"俺哪喝呀。俺和你嫂子吃两顿饭，今儿个破五，你嫂子包了蒸饺。俺刚要饺子就酒，就发现吃了饺子的望儿没了。俺撂下筷子就出去找望儿，肚子饿得咕咕叫了。你嫂子让俺炒俩菜，她到你那边烧炉子去了。空了几天的屋子冷得扎骨。你不在村里的这些日子没大烧，熏着烟火暖气不冻就行。"刘绍全嘿嘿地笑，"你先坐会儿，俺再炒个青菜，都是肉太腻了你不爱吃，今晚咱俩敞开喝点。"

"嗯，少喝一口驱驱寒。"张四望脱下羽绒服放到炕梢，"这天冷得邪乎。"

望儿大概听明白了他的话，上来舔他衣襟，又舔他裤脚。张四望胡乱地抚弄它的脑袋，开了三四个小时的车，张四望肚子早就咕咕叫了。刘绍全让他先吃两口菜，空肚子喝酒胃寒。张四望夹了一块肥肠，他说这玩意儿只有在乡下才能吃出地道的味儿，在城里的饭店怎么也找不到这个味道。戒酒这两年，张四望也只有在重要场合意思一下。回家过年，他陪岳父喝两口红酒，脸就火烧火燎。宋黎讥笑他，说他原本就没量，两年多没沾酒更不行了。这点红酒就打晃，以后还得靠我帮你挡酒。张四望摇摇头，说我真不行了，以后就靠老婆大人罩着。宋黎得意扬扬地笑。

刘绍全说少来一点白的尝尝，这酒是俺那天到市里开会打的设计院五年的陈酿，醇得直挂杯。刘绍全边说边给他倒了小半杯，给自己满上。"你嫂子吃完了，不用管她。冬天夜长，咱俩慢慢喝。"刘绍全咳嗽了一声，"这年过得乐和。这一年没白干，秋菜反季销售，庭院经济也见到回头钱了。挣钱了，村里也摘掉戴了多年的贫困帽子，就天天喝点好酒。"刘绍全典型的蒙古族汉子性格，豪爽得大碗喝酒大块吃肉。但他喝酒上脸。小唐一看到他颧骨通红，就逗他说又偷喝酒了哈。刘绍全哈哈大笑，说你嫂子就说俺这人啥也干不了，喝口酒都藏不住。

张四望呷了一口酒，摇头说，这酒太辣，但味正。

"是吧，我是喝酒人，不会骗你。"刘绍全哈哈地笑。

刘绍全一杯酒都下肚了，张四望还剩下一杯底儿。刘绍全说喝掉喝掉，再来一瓶啤的。坐在热炕头上喝凉哇哇的啤酒从心里往外美。张四望摇头说不行不行，宁可少来一点白酒也不能喝啤酒，一掺就醉了，现在都头重脚轻了。

刘绍全喝了半斤，又喝了两瓶啤酒。"等咱们鲜食玉米项目投产，咱哥儿几个好好喝一顿，来个一醉方休。"

外屋门吱嘎一声，望儿倏地站起来去了外屋。"俺估摸着你俩快喝完了。屋烧热乎了，俺填了一炉子煤就回来了。"刘嫂子人一进门话也飘进来。刘嫂子急性子，干活从不拖泥带水。刘绍全一喝上酒就说，俺这辈子最值得炫耀的就是俺家里的女人。做饭一路小跑，就连生孩子这么大的事儿，俺家女人都能自个儿剪断脐带。俺儿子长这么大，俺这个当爹的几乎不沾手……刘绍全的儿子大学毕业，在广州打工。他说，现在的孩子心思活泛，老是不着边际地定目标。俺家儿子说了，不在广州买房不回来见俺俩。

"俺倒要看看，他啥时候能买上房子。"

2

张四望从刘绍全家烙屁股的火炕上下来，一出门冷风像是见到久违的亲人，迎面抱住了他。他猛地呛了一口风，随即就开始打嗝。望儿仰起头看他，他拍拍望儿的脑袋，摇头示意它没事儿。清冷的夜色像一汪没结冻的水，黝黯中透出宝石般的亮色。可能是坐在热炕上喝了白酒的缘故，他一点都没觉得冷。但他还是加快了脚步，否则一会儿就得冻透。望儿跟在他身后颠儿颠儿地一路小跑，他招呼望儿快走，望儿伸出舌头舔他的手，舔他的衣襟。他拍拍望儿的脑袋："好了，好了，望儿。快走吧，别再把你舌头冻硬了。"

村庄的夜晚宁静而又幽深，像一块黑漆漆的幕布。初来乍到都不敢一个人走村庄的夜路。小唐在幸福村一年多了，一出门还招呼滕七花陪他。

而此时放眼望过去，远远近近的屯子都闪烁着灯光。乡下人看重节日，逢年过节，村里的人家都隆重得杀鸡宰羊。尤其过年，无论生活再怎么难，乡下人家都有过年的样儿。对联挂钱儿和门前的红灯笼必不可少，而且灯笼一挂就挂到二月二。劳累一年，村庄人还把正月当成慰问和犒劳自己的节日。正月里走亲访友，串门唠嗑。尽管村庄里大都是老弱病残，但他们的日子依然守着老传统老规矩。春节，对于村庄的人来说是一个大节日，不出二月二就都在年里。

驻村前，张四望与许多城里人一样，对节日淡漠了。小时候盼望过节能吃顿肉馅饺子，过年还有新衣裳穿。结婚后，他觉得过不过节都一样。有时候盼着过节是盼假期，假期里他就和宋黎开车自驾游。短假期就近走，长假期就往远处走。宋黎说生孩子前一定去趟新疆和西藏。他驻村了，生孩子都成了奢望，新疆和西藏更成了口头上的计划。后来宋黎病了，大把地吃西药，又喝了三个月的中药。这次春节回家，他发现宋黎的脸色好多了，心情也好了。两人都心照不宣地没提生孩子的事儿，他想让宋黎再恢复一下。宋黎可能也觉得自己的身体还没有完全恢复过来，力不从心。张四望觉得生孩子的事儿，还是顺其自然。一想到孩子，张四望脑子里就涌出无限憧憬——他仰起头，村庄夜空清幽，繁密的星星也格外亮。他不知道宋黎睡觉了没，宋黎说生病后，睡眠质量不如以前好了。除了生病，宋黎也因为他驻村扶贫，生活规律多少有一些改变。一个人的日子总是了无生趣，结婚十几年来，宋黎大事小情都习惯地依赖于他。

　　大概是烧酒作怪，平时张四望尽量不想这些，他不想让自己内疚。驻村这一年多，张四望虽然很疲惫，但他还是感激驻村扶贫这个机会。他觉得在城市住久了人很容易飘，只有回到村庄才能意识到双脚踩在硬实的土地上。心不慌，还有一种实实在在的踏实。四十岁出头了，他觉得生命最美好的时节还是童年和少年，无论那时候是否能吃饱穿暖，心里总会有一种力量。长大了，又在城市生活了许多年后，常常无端地生出一种慌乱。他和宋黎交流过，宋黎说他得了城市病。他问城市病是啥病？宋黎说就是吃饱喝足闲出来的富贵病，城市人都有，而且病状表现得也不一样。张四望呵呵地笑，后来他想想，宋黎说得一点没错。吃饱了饭，人的想法就多了。尤其在一个环境工作了许多年后，人们彼此因为了解会生出众多嫌隙，就会不自觉地有了戒备心。有时候看着石板缝中长出低矮的小草，他的心就会怦然跳动。人有时候还真不如一棵草，草能在夹缝中长出气势，而人能在夹缝中活出气势，则需要太大的勇气和信心，缺一样不可。他喜欢村庄，村庄的人相对简单多了，一句话就能打起来，一顿酒就能化解恩怨。他认为村庄的日子是有响动的，他们整日与猪鸡鸭鹅打交道，与土地打交道。种子点到土地里，他们就看着种子发芽长叶吐蕊开花结果，每天都面对生的希望。人啊，不能没有希望。也就是说不能没有念想，如果连念想都没有了，那这个人真就生了城市的富贵病——抑郁。到底是觉了冷风的缘故，张四望打嗝声一直没断。一股酒气喷出来，望儿猖猖地叫了一声，他伸出手摸望儿的脑袋。

夜色下的一个人一条狗，影子一会儿拉长一会儿缩短。张四望十分放松，村庄的年真好，村庄的冬天也美。

一进屋热气就扑到脸上，霎时脸就反烧了。炉火蹿腾出呜呜的叫声，坐在炉盖上的水壶吱吱地响出尖厉的哨音。张四望哧地笑了，刘嫂子把洗脚水都给他烧好了。他脱下大衣开始洗漱，小唐在墙上挂了一块碗口大的圆镜子，平时他们仨刮胡子用。他在镜子前站了一下，发现捂了一冬天的脸虽然缓过来一些，但被烈日灼过的痕迹依然清晰可见。棚顶白炽的灯光给他的脸增加了两个亮度，再加上反烧，他的脸色看上去像是搽了胭粉。桌上一大茶缸茶水温热可口，还真渴了，他端起茶缸咕嘟咕嘟地喝下半缸茶水。

望儿仰起脸，眼睛湿漉漉地看着他。

"你也渴了吧，听说你吃了五个猪肉馅蒸饺，你也过破五了哈。先把水晾一晾，等我洗漱完就给你斟茶。"他把炉盖上的洋铁皮壶拎到门外。这个洋铁皮壶还是前腰屯做洋铁活的村民给他们打的。不过一年，当初闪着银光的洋铁皮壶乌涂得像没了青春气息的中年人。他若有所思地盯了一会儿铁皮壶，哧地笑出声。望儿摇晃着尾巴寸步不离地跟在他身后，他洗漱时脚下还有点打晃，他看了一眼望儿又哧地笑出声。"望儿，我老了是吧。喝两口酒就这个熊样儿。"他擦干手从床下拽出望儿吃食的塑料盆，"有一天我要是真当爸爸了，还能陪儿子玩吗？"他自言自语着到门外拎回洋铁皮壶。水从铁皮壶嘴里欢快地涌出来，倒了半盆晾得正合适的白开水，他又把炉膛里填满了煤，把灌满水的洋铁皮壶坐到炉盖上。他上床时，望儿凝神地看着他。

"望儿喝水吧，喝饱了就睡觉。"

张四望躺在床上时，使劲地抻了抻酸疼的胳膊腿。宋黎说他驻村驻出了风湿病，以前可从没听他说过胳膊腿酸疼。张四望想或许是岁数大了，禁不起奔波了吧。夜深了，他不自觉地眯起眼睛，宋黎像映在墙上的皮影戏，在他眼前晃来晃去。张四望哧地笑了，又打了一个酒嗝。他在望儿呱唧呱唧的喝水声中，咂了几下嘴睡着了。

早上起来，张四望给滕七花和唐溪水打了电话，让他们过完十五再回来。他说村里没啥事儿，村民们都沉浸在年里一时半会儿还出不来。他正洗脸，刘绍全推门进来，说道："你可别自己做饭，反正过年家家户户都吃两顿饭，你睡醒了就来家里吃一口。你几点睡醒都能吃上热乎饭菜。你嫂子就这样好，她绝对不会让俺们吃冰凉的饭菜。"张四望说："吃饭这事儿在电话里说就行，你咋还特意跑一趟，大早上冷得都能冻掉下巴。再说，我根本也没想开伙，我懒得做饭不说，吃菜还得到你家去取，莫不如就去吃一口现成的。"刘绍全说："俺也想到村部看看，再把炉子点着烧上，这个鬼天气再把暖气冻裂可就糟糕了。"

吃早饭时，张四望说过年咱们也别大意，没事儿就各屯走走，拜访一下贫困户，再检查一下各屯有没有"推牌九"赌博的。好不容易压下去的赌博风，别再因为过年人们都闲得五脊六兽时抬头。一个正月呢，一闲下来就该想歪门邪道了。下屯再顺便安排一下春耕，今年肯定以种玉米为主，鲜食玉米加工厂无论遇到多大困难都要在秋天之前建好。缺口资金，工作队再想办法。加工厂项目不仅关乎到村里日后的经济，还关乎到脱贫后会不会返贫。精准扶贫，不是走过场也不是做样子。工作队来幸福村一年多了，原则是今年六月份回去，但看现在的情况，工作队得驻到2020年实现全面小康以后。但不管工作队驻村还是不驻村，幸福村都是我们仁的家，我们对村里的每个屯儿，每一户人家熟悉得就像自己的一双手。就算以后工作队离开了幸福村，也会时时地牵挂村里，牵挂村里的每一个人……张四望说得动情，刘绍全的眼角也有些湿润。

刘绍全给他夹一个黏豆包："别撂筷子，青萝卜蘸辣椒酱多下饭啊。多吃点，两顿饭。"

3

张四望和刘绍全分别走访了六个屯儿，在打点屯抓住几伙打牌的村民，还在上腰屯抓了一伙推牌九的。前一伙都说是小打小闹，但张四望还是对他们提出了警告。而对上腰屯推牌九，和从中抽取红利的村民罚了款。罚款都交由村财务。他说过年了，放松一下可以，但不能动真章儿。以后我们村举办"五好明星家庭"评选活动，被评上的家庭村两委有奖励，就用罚款来的钱，给村里表现好的，给积极向上的人奖励。评选时家风也是一个重要条件。

张四望打算到吴静余家看看。他回来这些天了，按说吴静余应该听说他回来了，以他的热情早就给他打电话或者到村卫生所来说几句闲话。可他头影没露，这不正常。刘绍全说，吴川自从上次把那只大公鸡撵得跑死了，不像以前那么爱发病了，基本就在炕上躺着。他都能把一只大公鸡撵死，他自己也累得够呛。怕是累伤了，够他歇一阵子的。傍晚，张四望写工作日志时有点自责，他觉得自己疏忽了这户刚刚走出贫困的贫困户。明天无论如何都得去趟吴静余家，再把小唐给吴川的拉力器和哑铃送过去。张四望心里惦记吴川的病情，还有尚小云也令他隐隐不安。尚小云宛若一撮房子的檩木，她要是断了，吴家这撮房子就塌架了。

张四望刚要躺下，走廊就响起急促的敲门声。嗒嗒声像砸在屋檐上的冰雹。望儿先他跑出去，匆忙中他把拖鞋都穿反了。进来的是刘绍全。"这个吴姓子，俺还以为他们消停地在家过年呢。哪承想他儿子不闹，他起了幺蛾子。江老太在他家跳大神儿，听说都跳七八天了。"刘绍全摊开双手，"这人啊，真是知人知面不知心。平时看见咱们，说得可好听了，转过身就不是他。"

张四望看着刘绍全，愣了一下。

吴静余家这个年过得不太迁作。虽然燎了猪头，炆了猪肉，灌了血肠，还炖了一大锅酸菜血肠白肉，冻了半缸黏豆包。可一看到躺在炕上恹恹无力的吴川，吴静余就没了心情，就连尚小云蒸的又白又暄腾的馒头和白面豆包也难以下咽。自从吴川攥死那只大公鸡后，他自己也仿佛伤了元气，躺在炕上起不来了。要是不强拉硬拽他起来，恐怕他连饭都不知道吃。即使吃饭，吴川也跟以前判若两人。上桌不过喝半碗米汤，要是能吃半拉馒头或两个黏豆包，全家人比过年都高兴。尚小云不给他夹菜，他连菜都不动一口，就连爽脆的腌黄瓜条都一口不动。吴静余蹲在灶膛前抹眼泪，他老婆疑惑地问他，好模样儿的又哭啥？川儿这样多好，不作不闹不跑不打人，俺们再也不用跟他提心吊胆了。吴静余使劲地斜楞她一眼，抹了一把眼泪，说你除了吃饭睡觉啥也不懂呢。"俺还干活。"他老婆也回瞪他一眼，声调也明显地高了。吴静余叹了一口气，推门出去了。

夹着雪花的风倏地钻进来，他老婆打个冷战。"小的不闹，老的作。这一天，要是不吊几回脸子就活不下去。"吴静余老婆把手里的饭勺扔到灶台上。要不是眼看来到年了，又忙着卖玉米，吴静余就打算带吴川去齐齐哈尔的鹤城医院住院了。他和尚小云商量，她也同意到医院检查一下，不行的话就住院，省得过年都不消停，万一要是有个好歹的咋办？儿子让吴静余活得胆战心惊，但一想到没有吴川的日子，他活着连点儿亮儿都看不到，他天天都有替吴川死的心。不管怎么说，只要能天天能看到吴川，他就觉得自己这

口气能喘匀乎。小年前，他和尚小云带着吴川到医院
做了检查和化验。吴川除了白细胞有点高，各种微量
元素也偏低，其他没啥大碍。

"啥叫微量元素呢？"吴静余问。医生说回家多吃
饭多补充营养。医生说吴川喉咙红肿，是造成白细胞
高的原因，开两盒头孢回家吃一周。医生的话让吴静
余悬着的心落了下来，但他还是常常在睡梦中惊醒。
醒后就再也睡不着了，他竖着耳朵听西屋的动静，老
婆睡觉死还打呼噜，呼噜声不紧不慢，像钟表的嘀嗒
声。吴静余心烦，就没好气地用脚踹她。老婆嗯啊地
翻个身，又睡着了。没一会儿，老婆的鼾声又像钟表
似的不紧不慢地响了起来。吴静余气得蹬了一下脚，
转身面向墙。"唉，睡个觉咋都能整出响动呢。"

一到晚上，吴静余就像窗下听房的偷窥者，他人
在东屋睡觉，心却在西屋。若是能听见尚小云轻咳一
声，吴静余就会长吁一口气。要是尚小云起夜，他就
仿佛看见从地平线升起的一缕朝霞，喜不自禁地咽下

嘴。偶尔也能听见儿子咳嗽一声两声，他绷着的心就松了下来，汗也消下去。吴静余就心满意足地唉一声，深情地看着窗外。吴静余的听力越来越好，有时候一片枯干树叶在窗下落下，他都能听见声响。他哀叹一声，惆怅就像蚂蚁从腿上爬上来，簌簌地在他全身游走——要是日子能像夜色一样安静多好啊，可自己家的日子却过得鸡飞狗跳。好不容易还完了饥荒，还过上了不愁吃不愁喝的日子，儿子的病却越来越重。吴静余宁可累折腰也要天天能看到儿子，他不能接受没有儿子的日子。吴川不作不闹是好事儿，可他饿死了咋办呢？吴静余腋窝下的冷汗又下来了，泪水也从眼角爬下来。那些日子尚小云忙完养殖场的活就回家，不重样地给吴川做吃的。生病以前，吴川最爱吃尚小云做的菠菜蛋花疙瘩汤，但现在，一碗菠菜蛋花疙瘩汤摆在他眼前，他吃两口就撂下了。眼见儿子瘦成一把骨头，吴静余心一抽一抽地疼。可这种疼他又无从诉说，老婆听他说话，从来都是听头不听尾，他说东老婆就能听到西。他更不敢与尚小云说，他怕儿媳妇对儿子失去信心。心里没点指望的人，谁还爱在这个家待啊。

吴川像死人似的躺在炕上，不说话不作也不闹，生人见到他谁也不会想到他精神分裂，顶多以为他生病了。吴川那双忧郁的大眼睛总像有说不完的话。一看吴川的眼神儿，吴静余就像掉进深渊，他在鹤城医院见过精神病人放风，他们的眼神儿都是茶呆呆的，可吴川的眼神儿咋就没有太大变化呢？难道老天怜惜他，特意给他留下两扇窗口？有时候，吴静余也因为儿子的眼神儿，心掀开一条缝儿。这条缝儿里的光亮，足以驱使他那双脚不停地走。他在饭桌上跟老婆说，川儿的眼神儿多亮呢，这就是说川的心没疯呢。说不定哪天，咱家川儿睡一觉就好了呢。吴静余说这话除了安慰自己，也是给尚小云听。他怕尚小云把心过死了。他老婆不明白他的良苦用心，她把饭碗往桌上一放，白了他一眼："你咋老瞪着眼睛说瞎话，儿子都快把药架子吃倒了，还说能好。你骗谁呢？谁信你瞪眼珠子编的瞎话啊。川儿那眼睛比死鱼强不了多少，只有打人时才有点亮儿。"老婆霍地站起来去了外屋，水瓢锅铲一阵噼里啪啦地响。

吴静余在心里暗骂："守着这么个不知事的老娘儿们没好儿。"腊月，他借着给先人上坟烧纸，跪在坟前大哭了一场。空地的风凛冽出凄厉的叫声，吴静余像个受尽委屈的孩子，站起来时用衣袖抹去脸上结了冰碴儿的鼻涕和眼泪。过完小年，吴川又添了一个毛病。阳光从窗玻璃反射进来，咯咯泱泱的灰尘就开始起舞。吴川那双瘦得像鸡爪子似的大手在半空中不停地抓挠，一把一把又一把。吴川的抓挠像他妈的呼噜声，不急不缓。抓挠时，他嘴里还嘀嘀咕咕地说着别人听不懂也听不出个数的话。吴静余唉声叹气地问他，川儿啊，你抓啥呢？老这么抓挠不累吗？吴川双手停在半空中，他疑惑地看着吴静余，又嘻嘻地笑了。"这你都不知道啊，我抓小偷啊。小偷偷了尚小云，她奶子上还有牙印呢。"吴静余无法再问下去，他悻悻地去了外屋。吴静余跟老婆说，咱家川儿啊就是聪明呢，你看他嘴里叨愣七咕的，指定是跟神仙唠嗑呢。江大娘不是说了呢，咱家川儿不是凡人呢。

老婆皱起眉头转了一会儿眼珠，她赞许地点点头。她认为吴矬子这句话说到点上了。

傍晚，吴静余忐忑不安。他站在地当间儿，唉声叹气地跟吴川说话："儿子，你想吃啥呢？你就说呢，咱家现在的日子比过去好了呢，你想吃哪口呢，咱都能吃得起呢。你要是想吃猪翘舌呢，爸就给淘弄去呢。"吴川没生病前爱吃猪翘舌，他说猪翘舌有嚼头还不油腻，酱得透红发亮的猪翘舌就冰镇的啤酒，是人间的美味。以前，吴静余说吴川真不会吃呢，猪身上任何一块肉都比翘舌香呢。翘舌那东西不香不臭有啥吃头呢。虽然嘴上这么说，只要去亲戚家吃年猪肉，吴静余都涎着脸跟人家要翘舌。每次要猪翘舌时，他都先做一番铺垫。他说猪全身都是宝呢，猪肠猪肚猪肺猪心猪头猪拱嘴猪眼睛都香着呢，猪血更是宝，清肠养胃呢。就是上牙膛那块东西长瞎了呢，牙口不好都嚼不动呢。俺家川儿这孩子孝心，他说扔了白瞎了呢，他就专门吃猪翘舌呢。吃来吃去就好上这口了呢……吴静余凭着这番说辞，总是能如愿地给吴川要到一条猪翘舌。

"川啊，你要是想打人就起来打呢，俺这坨够你打几天的呢。要不你就唱歌，你唱歌多好听啊，连工作队的小唐干部都爱听呢。"吴静余艰难地咽了口唾沫。

4

年三十，吴川也不起来。吴静余家的年夜饭比别人家吃得早，尚小云说早点吃完让吴川早点睡觉。刚十点，吴静余就到院子里放了一挂鞭和五只二踢脚。吴悦然跟在她爷身后，手里拿着一根点燃的烟卷，她爷点二踢脚她就把烟卷递过去，然后跑到她爷身后捂着耳朵看腾空而起的二踢脚炸开。爷孙俩放完了鞭炮，冻得嘶哈着进屋。香气扑鼻的饺子正好捞出锅，尚小云把吴川拽起来，像哄孩子似的哄他，说饺子可香了，还有肉段炸得又酥又脆，酸叽溜的可爽口了。瘦成骷髅的吴川勉强吃了两个饺子，喝半碗饺子汤就又躺下了。吴川痴迷地望向窗外，密集的鞭炮声此起彼伏，二踢脚在空中爆炸后的咚咚声，钻天猴炸开时刺耳的尖叫声，令他痴迷得如入无人之地，他安静得像画上的静物。吴静余没心思吃饭，他泪水长流地看着吴川的脸。"川儿，你跟爸说句话呢，要是你心里不舒服呢，你就打爸两巴掌呢。只要你吃饭，咋都行呢。"吴静余唉了一声，"川儿啊，你可别剜俺的心了呢。别看你疯疯癫癫的呢，只要你能在炕上喘口气呢，咱这个家就是全乎的家呢。咱这个家不能散了呢，你看你闺女多好呢，你再看小云一天为你累的，你妈心疼得一躺到炕上就哭呢……"吴川忧郁地盯着一只从炕沿缝儿里爬出来的蚰蜒，淌出的口水洇湿了枕头。

大年三十的晚上，吴静余躲在仓房里呜呜的哭声，像一条老狗的呜咽。

初一的早上，雪花洋洋洒洒地飘下来，像是风中起舞的灵幡。吴川不吃饭，连饺子汤都不喝。吴悦然守岁到凌晨三点才睡，无论奶奶怎么叫都不起来吃饺子。吴静余夹起一个饺子咬了一口，就撂下筷子，说昨晚吃存食了，一点都不饿呢。"小云多吃点呢，咱家你最挨累了呢。"他瞄了一眼老婆，"一会儿把饭菜放锅里，别让悦然吃凉饺子。"吴静余转身出了屋门，又推开了院门。走出院门他就抄起了手，脖子也自然而然地缩进领子里。于是，大年初一的村路上就有了一团滚动黑影。

"你看看，大初一的他去哪儿也不说一声。"

尚小云瞥了一眼婆婆没说话。

吴静余再回来时，手里提着一个包袱，颠着脚跟在江老太的身后。雪片打得他睁不开眼睛，他眯缝着眼睛张着大嘴喘粗气，雪片争先恐后地扑进他嘴里。

"大娘慢点呢，千万别滑倒了。等俺，等俺一会儿呢。"

弓腰走在前头的江老太扭头觑着他："再慢，你儿就没命了。"吴静余小跑着跟上来，挽着江老太的胳膊："那咱快走呢。"吴静余张着大嘴喘得上气不接下气。进门，江老太直接进了西屋，她看了一眼躺在炕上的吴川，说道："你们两口子心里可真是没谱儿，再不求仙家帮忙，这孩子眼看就没日子活了。"吴静余扑通一声跪下，双手抱拳不迭声地喊："大娘，大娘呢，求仙家留俺儿一条命呢，给俺儿留一条命呢。哪怕用俺的命换俺儿的命都行呢……"吴静余老婆也咕咚跪到地上。尚小云云里雾里地看着公婆。婆婆扯一下她的手，她也顺势和婆婆并排跪到江老太面前。江老太一屁股坐到木凳上，依次地看着吴静余一家人，半天也没说话。吴静余和老婆的哭声戛然地憋回去，惊恐地看着江老太。江老太觑着他们，微微地撇了一下嘴，说："不是俺吓唬你们啊，这孩子就差一口气儿。要不是你们两口子积德，川儿早就没了。以前俺就跟他说过。"江老太用下颏努了一下吴静余。吴静余嗯嗯地点头："大娘说过的呢，说过的呢。"江老太叹了口气。"你们家现在手里也趁几个钱了，房子政府给盖的，你们全家都农合医疗了，看病也花不了几个钱。瞧院子里那一大垛苞米棒，怎么说也得卖个大几万块啊。"江老太喝了一口水，呷着嘴儿又看了一眼跪在地上的三个人，"你家川儿这病就是耽搁了，年前要是找俺就不用费这么大的劲了。黑白无常就在他身边站着，随时都能索了他的命。要不是看他成天眼泪汪汪的，早就带他走了。死气都到骨头了，仙家一天两天也治不好他……"江老太闭着眼睛掐算，嘴里嘀咕地说着。吴静余竖起耳朵也没听清楚个数，两口子虔诚地看着她，江老太半天才睁开眼睛，"准备一个黑猪的猪头。记住，要全身没有一根杂毛的黑猪头。五只大公鸡要活的，两条十斤以上的鲤鱼，六尺红布，五十刀黄纸钱，十包檀香……"吴静余和老婆频频地点头。江老太说吴川这堂事儿少则十天，多则半个月。要不，世间就再无吴川了。

尚小云起身回了娘家，她说俺妈家的猪头是黑毛的，还没到二月二，猪头在仓房大缸里冻着呢，俺现在就回去取。吴静余和老婆也分头出去采买东西。当天晚上，江老太就带着她的一堂人马摆开了阵势，开始为吴川驱魔求寿。

江老太跳了一辈子大神。据说她奶是巫师，传给她姑。老亲旧邻都说她姑就是为跳大神而生的，一辈子没嫁人。江老太六岁那年过继给她姑当养女，小时候跟着她姑耳濡目染地学会了跳大神。她姑打她骂她不让她学，可她咬牙不说一句话也不掉一滴眼泪。她姑拼命地阻拦也没挡住她向巫师行走的脚步。她姑临终时拉着她的手，流着眼泪说是姑对不起你，咱娘儿俩一个命。下辈子咱娘儿俩托生到一家，坚决不做巫师，咱们都好好地活一场……江老太倒是没像她姑那么孤苦，二十二岁出嫁，当年就生了个儿子。儿子一岁半时，男人到草甸上放马，连人带马就再也没回来。有人说她男人被狼吃得连骨头渣儿都没剩，可是马呢？也有传言说她男人带着十几匹马，跟另一个女人到山里过日子去了。还有人说，男人看不惯她整天神神道道地跳大神，赌气离家出走了……江老太在炕上躺了三天，三天后的下晚，她起来给自己炖一碗羊肉，吃饱喝足搂着儿子睡了一大觉。第二天早上起来，仿佛什么事儿都没发生，照旧带着一堂人马给人断事儿治病，给牲口驱魔接生……江老太靠跳大神把儿子养大，"文革"时，她供奉的堂子被红卫兵小将砸了个稀巴烂。江老太断了吃饭的后路，表妹劝她找个男人嫁了，不能眼睁睁地看着孩子挨饿。江老太咬着嘴唇摇头，说自己就是孤寡的命。风声一过，江老太又带着她那堂人马，五更半夜地出去为人消灾驱魔开道了。江老太独自把儿子拉扯大，儿子成家后，她冷着脸让儿子搬出去住，还说离她越远越好。儿子不理解，说她年岁大了，他要是搬出去住，屯里的人都得骂他不孝。江老太流着眼泪说："你咋不懂你妈啊，你妈命硬。你自己到外头活人，也好给你们巴特家留下一股血脉……"儿子哭着搬走了。

江老太除了男人不知去向，一个独生儿子搬到了城市，运动一来受到一些冲击外，日子过得还算平稳。江老太和儿子常年不在一起，感情也越来越疏淡，这两年人们只有在逢年过节时才能看见她儿子的身影。江老太都八十岁了，虽然身子骨还算硬朗，但毕竟是老了。人过中年的儿子似乎也感受到了母亲的诸多不易，无论母亲如何没好脸色地驱逐，他照旧回村里给江老太送些生活用品和一些心脑血管的常用药。屯里也有人说，江老太的孙子可有出息了，到大城市念了大学，又留在大城市工作，听说江老太都有重孙子了。

在屯子里，江老太对儿子一家人三缄其口，她从不提儿子和孙子。

5

张四望和刘绍全到吴静余家时，江老太的活已近
尾声了。里屋没有开灯，但外屋门没插，他俩轻轻地
拉开门侧着身子进去。柜盖上一扎香火像一群萤火
虫，烟雾在屋里徐徐地缭绕着，外屋黝黯的灯光从门
缝泻进来，屋地上就如竖着一条亮色的绳子。黑暗中
有人顺手拉严实了门，那条亮色的绳子也迅速地隐匿
了。炕上和炕沿上坐满了人，屋子里除了香火的烟还
有人们嘴里抽的旱烟。张四望差点咳嗽出声，他轻轻
地打一下嗓儿，强行把咳嗽压下去。炕上坐着的人脸
孔或明或暗，有认识的也有不认识的。除了村里来看
热闹的人，也有吴家的亲戚。吴静余眨了几下眼睛，
确定是张四望和刘绍全，他脸倏地就白了。他霍地站
起来，张四望摆手示意他坐下。八十岁的江老太身子
骨硬朗，一边唱一边跳蹦着。

江老太对张四望不陌生，工作队一来驻村就到她家走访过几次，还给她办了农合医疗。每次走访张四望都跟她说，儿子不在身边，你又年岁大了，出来进去注意点腿脚。去年秋天，还带人到她家帮忙起土豆。灾荒年过后，江老太房后的菜园子就没种过别的，几十年如一日地种土豆。她说万一饥荒年来了，土豆也顶饿。江老太还突发奇想地在垄沟里种黄豆，她说不图希打多少黄豆，就是怕常年不改品种地种土豆，土地活得有气无力。江老太那口大松木柜也上了岁数，可它却不显老，而是在岁月的磨砺中越来越亮了。这口松木柜，从里到外都透出松木的本色。刘绍全跟张四望说过，江老太除了爱种土豆，就是看她那口大松木柜。据说，她早就跟儿子交代过身后事。百年后，就用那口大松木柜安葬她。下葬时，她的身下还要装满粮食和土豆。江老太那口大松木柜除了装粮食，还装着江老太的寿衣。几十年了，江老太这口松木柜里的粮食从不生虫子，她的寿衣也完好无损。

江老太也看见了张四望和刘绍全，她没停下来，但收尾时似乎有点草率。她把锣鼓都放到炕上，瞥了一眼张四望，掐起一瓶高粱小烧像喝水似的咕嘟咕嘟地喝了下去。喝下半斤烧酒的江老太打了三个哈欠，仿佛几夜都没睡好觉，又像是从一场大梦中刚刚醒来，她晃了几下脑袋又如常人一般。棚顶的灯咚地亮了，江老太觑着眼睛看一眼张四望。"书记别见怪啊。有人说俺神神道道的就是为捞别人的好处。"江老太浅笑一下，"俺承认哪次也没白给人干活，可俺这也是做好事儿啊。"吴静余讪笑着站到张四望跟前："书记啥时候回来的呢？"炕里和炕沿上坐着的人，像聚在窝沿上的马蜂嗡的一声就散了。吴静余喊住一个叫大奎的半大小子，黑天瞎火的别让你江奶跌倒了，你好生把江奶送回去呢。江老太提起布包，大奎接过江奶手里的包，攮着江老太的胳膊推开房门。江老太转回身：

　　"两位书记，俺走了。俺还真累了，回去得好好睡一觉。人老了，不禁磕打了。"

屋子里一下子就安静下来。吴静余老婆没下炕，她垂着脑袋不敢看张四望。吴静余像一只被抽动的冰尜，满地转悠："书记呢，你多咱回来的呢？"张四望看着他，说："我回来七八天了，你这儿忙着没听到我回来的信儿？"

"吴尜子就是一个大马猴，不是围着老母猪转，就是围着那堵墙转。哈哈——"吴川笑得前仰后合，"这个吴尜子非得说那墙里藏着金子。他说挖出了金子就给自己修坟，还找个好看的女人睡觉……"

"川儿啊，吃药睡觉吧，别说了。"吴静余老婆轻声地安抚儿子。

刘绍全问咋没见尚小云？还没等吴静余两口子说话，趴在炕头的吴川抬起脑袋。"你这都不知道啊，尚小云上树了，跟树上的大马猴睡觉了，都睡出个孩子了。那孩子在地上蹦呢，穿了件白衣裳，搽两个红脸蛋，你们快看，快看啊——"吴川笑得直咳嗽，他噗地把一口痰吐到炕沿上，"哈哈哈哈——尚小云跟一棵大树睡觉了。那棵大树长得肥头大耳，扑扇着翅膀眼看要飞了。那只大马猴是第三者，他们打起来了，你们看，他们为尚小云决斗了。瞧把尚小云嘚瑟的……"

吴静余拉住吴川的胳膊安抚地抖两下："川儿啊，让你妈打盆水好好洗洗脸呢，早点睡觉呢。你张叔和刘叔来帮咱家的呢，等明儿个你好了，一定多孝敬他们呢。"吴静余老婆哦了一声。吴静余又转向张四望和刘绍全，他有点尴尬，说："咱们去东屋喝点茶水呢。"

"吴静余，你去刨墙挖金子啊。别忘了给俺留点，俺好把尚小云娶回家。"吴川的笑声在夜静下有点瘆人。

吴静余随手关上东屋的门，说小云这个年可累坏了呢。从年三十休到初二就上班了呢，她不上班就不让俺俩干一点活呢，她一个人忙里忙外做饭喂猪喂鸡喂鸭呢。家里还有亲戚你来我往，这不晚上回来做好一桌饭菜才又回养殖场了呢，那边晚上有招待……不知道为什么，吴静余的话让张四望悬着的心扑通地落了下去，又咚的一声悬起来。刘绍全似乎意识到了什么，他望了一眼张四望。第一书记没说话，他翕动了两下嘴唇也没敢多说话。张四望看着吴静余，说过完年就要准备春耕了，你家还有啥困难？吴静余摇头，说没有了呢。看来今年是个好年头呢，过些日子春风一刮，堆积一冬天的大雪就化了呢，点籽时也不用坐水了呢。吴静余用余光瞥了一眼他们的脸色，说年头好省钱省力又省事儿呢。说到种地，吴静余兴奋起来，说他家的地除了留两条垄种黄豆，其余的地都种黏苞米。张四望点头说种玉米吧，秋天咱们鲜食玉米加工厂建起来，你家那点地很快就能见到现钱。

吴静余打躬作揖地说："两位书记，俺家啥事都听工作队和村两委的呢，你们指到哪儿俺们就打到哪儿，绝对不会拖村委会的后腿呢……"张四望和刘绍全说了春耕又说了玉米加工厂，说到吴川的病，吴静余说自个儿也知道儿子好不了了呢，但只要儿子有口气，他和老婆就有盼头呢。他们一定好好活呢，活到孙女上大学孙女出嫁呢。就算小云也老了，还有悦然管川儿，那时候俺们两口子就能闭上眼睛了呢……好不容易等吴静余住了嘴，张四望才严肃地说道："以后别再弄那些乌烟瘴气的事儿了。跟你说多少次了，吴川的病要是跳大神就能跳好，每次犯病咱们就不用费劲巴力地送他去医院了。再说，你是村里帮扶脱贫的典型，又被评为五好家庭，这个称号怎么也得保持下去。还有啊，你家今年前后园子除了种自家吃的菜，还要以种嘎啦果西红柿为主。这个种子是咱们工作队滕七花弄来的，它不是普通的西红柿，专家们都称它是水果柿子，味道正，口感好。但要保证绝对的绿色种植，主要施以农家肥，开园上市一斤能卖十五块钱，还有育苗和鸡鸭鹅，这可是一笔不小的收入。等咱们鲜食玉米加工厂建成，到时候你就在家门口等着收钱吧。”

“是的呢，是的呢，是的呢……”吴静余的头点得像一只捉虫子的鸟，“张书记，俺错了呢。俺被吴川吓坏了呢，自从去年他把那只大公鸡撵得累死了，他自己个儿也快要活不成了呢。俺怕他走在俺前头呢，俺知道他不能为俺养老送终了呢，可俺也不想看孩子先俺而去呢。幸亏小云是个好孩子呢，要不俺都得窝囊死了呢。可是，俺一想起小云呢，也觉得对不起人家孩子呢。人家爹妈没让女儿离开，俺们全家就得感谢人家八辈祖宗呢……”吴静余说着话又用衭袖子抹起了眼泪。张四望心里一揪一揪地疼，吴静余能让江老太在他家跳了这么多天大神，无非就是给自己安慰。他心里明镜似的，儿子要是没了，他们两口子就是生出三头六臂也留不住尚小云，孙女也得走，这个家真就散了。张四望理解吴静余，他活得不容易。村里其他人家脱贫了，就一门心思地往前奔着过日子。而吴静余活得提心吊胆，吃喝不愁了，他还担心病情日渐严重的儿子，还有守活寡的儿媳妇。尚小云还年轻，守着这么一个家过日子，她要是灰心可就糟糕了。真到了那天，吴静余两口子真就活不下去了。吴静余多么希望哪天睡一宿觉起来，儿子就好端端地站到他面前。

一股莫名的惆怅，像一盆冰冷的水迎头浇下来。惆怅像一股水从心头喷涌而出，张四望的腮颊一阵痉挛。

从吴静余家出来都快十一点了。张四望和刘绍全沉默地走了一段路，快到卫生所门口了，刘绍全说吴静余是个人精，只是可怜尚小云了，她还太年轻。不过再回头想，吴静余两口子也不容易，不指望孩子有多大出息，别有病就行。张四望点头嗯了一声，进了卫生所大院。"村庄啊，你什么时候能走出贫穷和愚昧啊？只有让那些刚走出贫困的人看到希望，他们的心才能不散。"

张四望下意识地看一眼西边的养殖场。养殖场院里的灯火遥远而又亲近。灯光让张四望心头又涌上一股暖流，只要双手不停，生活就会有着落，就能走出绝望。听见张四望的脚步，望儿倏地从窝里出来。它深情地嗅着张四望衣袖，舔他的手，嗅他的裤脚。

"望儿，跟我进屋吧。"门一打开，望儿率先跑进去。

6

三月，北方的春风依旧带着冬日里的凛冽和嚣张。张四望偶尔翻看闲书时，看到描写春风如何如何柔情妩媚，他心里就犯了嘀咕，这些写春天的人到杜尔伯特感受一下春风，还能说春风柔情妩媚吗？当然，杜尔伯特的春风也不是没有柔情妩媚的时候，那要到四月末五月初，五月的风就再也凛冽不起来了。它的暴脾气像一个年老色衰的女人，在五月的风中，在鲜花繁盛的季节面前低下了头。

唐溪水带回的玉米种子，是按照各户所拥有的土地分配的。分发种子时有十几户人家不领，他们围着唐溪水呛呛，有两个女人嘴里还骂骂咧咧，他们指着唐溪水说这是新种子，以前没种过，万一颗粒无收咋办？你们说建啥加工厂，可加工厂现在连个影儿都没有。工作队驻村两年，到时候整半截你们走了扔下个烂摊子，俺们到哪个十字路口烧纸去？再说了，建加工厂要那么多钱，钱又不是气吹出来的。苞米种出来了，厂子没建起来，要么厂子建起来了苞米没结棒儿，你们拍拍屁股走人了，俺们找谁去……唐溪水耐心地解释着，他说工作队不会走，就是走了也得对村委会对村民有个交代。玉米种子都是经过国家批准的，工作队和村委会不会拿村庄的农民开玩笑，如果要是那样的话，我们何必来驻村呢？我们对上级负责，对村民负责……两个女人掉头走了。

　　午饭来不及做，三个人只得泡了一碗牛肉面，一根火腿肠，吃完就都下到各个屯里去。唐溪水又想起上午的事儿，他嘀咕着说，怎么能让人们痛快接受呢？滕七花摇了摇头，张四望说慢慢来吧，不到两年的变化已经够大的了。张四望看看他俩，中午躺半个小时，下午咱们不但得把种子送到农户的手里，还要带着合同。不管他们怎么想，咱们得把工作做到家。致富的路上不能丢下一户人家，不能落下一个人。

滕七花打个哈欠："躺一会儿，睡十分钟就行。"

张四望让小唐和滕七花一组，他自己一组。张四望先到前腰屯的高超家，看见他进门，高超老婆愣了一下，就潸然地吸了几下鼻子，说张书记来了。高超听见说话声，急慌慌地从对面屋出来，说张书记是为种植黏玉米的事儿吧。高超一脑袋炝毛炝刺的头发都打了绺，看样子十几天没洗头了。张四望点了下头，他看着高超问，你灰头土脸干啥呢？高超咧了一下嘴说收拾收拾，种大田用不着锄头镐头镰刀啥的，前后园子还得备垄，把破东烂西都掏出来该磨的磨，该换的换，省得到时候抓瞎。高超没好气儿地乜斜一眼他老婆。高超老婆把手里的水瓢扔进水缸，水瓢在水面上打了两个转儿后，贴着缸沿停下来。高超瞪了老婆一眼，说张书记在这儿呢，你穷捧打啥。女人使劲地斜楞他一眼。

"你俩这是闹哪出？"

高超媳妇呜呜地哭起来，她说高超昨晚灌尿水，灌够了就拿她和孩子撒气。骂她不会过日子，扇她两个嘴巴让她滚回娘家去，还说她一走立马就有大姑娘送上门。把孩子吓得哇哇大哭，他像没听着……高超急赤白脸地阻止老婆，你瞎说啥？是你先掐俺的，你看俺这胳膊上青一块紫一块，还拽俺半拉膀子撒泼，刚才拎水勺子还疼——张四望笑了，说看看你们俩，都奔四的人了还像小孩儿打架。高超咧了一下嘴，他垂下脑袋说俺心里不痛快，喝点酒消愁解烦，俺一端起酒杯她就不闲嘴地磨叽。磨叽不算还手欠，动不动就上手，俺能惯着她吗？好老娘儿们要是看见男人不高兴，都帮着倒酒。这可倒好，顶风上……高超气得咬着嘴唇用鼻子哼。

"你挺大个男人，就不能少说两句。进屋，我跟你商量黏玉米种子的事儿。"高超跟张四望进了里屋。高超老婆在外屋高声地喊："书记，好好收拾他，他现在都不知道自己是谁了，听风就是雨，别人说啥他都信，跟别人穿一条裤子，俺说啥他都说俺胳膊肘往外拐。俺不说话看电视，他还拉电闸。"张四望这才明白，原来十几户人家不种黏玉米，是有人在背后捣鬼。张四望看着高超，说："亏村委会和工作队那么信任你，工作队和村干部的话不听，听别人的哈。说说吧，那个人是谁？他咋能说动你？"高超讪笑，说："书记别听娘儿们的瞎话，俺谁的话都没听，就是对没种过的种子不信任，万一颗粒无收可咋办？"张四望说："你不要藏着掖着，说说到底咋回事儿。"高超为难地哼唧了一声："书记，也没人说啥。就是他们说吧，不能啥事儿都听工作队的，工作队要是撤走了呢。俺们都不敢惹包喜成，别的不说，俺们这不也都还沾亲带故的。包喜成说俺们十几户人家都不种新苞米种子，还种原来的苞米，秋后都卖给他小舅子做酒精，没准俺们挣的钱比那些种黏玉米的农户还多。"

张四望知道包喜成，他平时在屯子里是一个活跃的人物，爱挑毛拣刺。只要村委会一有活动，他就阴阳怪气地说三道四。包喜成长得彪悍，一说话还总是张牙舞爪，气势汹汹。张四望耐心地给高超做着思想工作。高超妥协了，他说本来自己就是听村委会和工作队的，只是碍于情面，包喜成请他喝过两次酒。过年时还给他家送过两根血肠，情面上过不去罢了……从高超家出来，张四望又走了几家，村民都吞吞吐吐地说出包喜成对他们的承诺。张四望问他们是信工作队还是信包喜成？村民都点头说信服工作队，去年建的冷库俺们就都挣钱了，俺们相信苞米加工厂一定能行。俺们都不怕干活，只要能挣钱就能供孩子念书，全家人就能吃香的喝辣的……包喜成的事儿令张四望很恼火，驻村一年多了，每推行一项工作都会有波澜。

滕七花和唐溪水的工作难度更大，包喜成家就住在打点屯，他在屯子里住了几十年，有一些根基。

滕七花和唐溪水上午的工作还算顺利。他俩每到一户人家，都先详细地介绍这批甜糯玉米种子的特点。说这个吉丰505的玉米种子抗病害，抗高温，抗干旱，穗大籽粒饱满，口味清甜，特别适合秋后的鲜食玉米加工。种植过程中农科所的专家还会上门指导，如果秋后没有收成，工作队愿意加倍赔偿……其中一户村民看见他俩进院就迎出来，还没等他们说新玉米种子，村民就上赶着说，只要你们不走，俺们都信你们，俺们只是心里吃不准，再加上包喜成起誓发愿地说，到秋俺们的苞米指定能卖个好价钱，俺们才动摇……滕七花和小唐都能理解，村民话说得糙，但说的也是实情。一下午，打点屯七八户不种玉米的人家，他们都跑了一遍。他俩说得口干舌燥，但总算说通了大部分。

傍晚，张四望回卫生所时，滕七花和小唐还没回来。他刚做好饭，滕七花和小唐才一脸疲惫地进门。小唐说，队长知道了吧，还是那个包喜成在背后捣乱。我们一进门他就鼻子不是鼻子，脸不是脸地来个下马威。他说，俺们根本就不信这几张烂纸，就算俺们损失了也打不起官司。你们可别猫哭耗子假慈悲了，还不是给自个儿脸上贴金，完了就走人了。听包喜成这么说，小唐和滕七花放弃了做包喜成的思想工作，转身离开，包喜成站在屋里看着滕七花和唐溪水的背影冷笑一声。还有一户死活都要继续种以前的品种。张四望笑，他说卞小个子更甚，插上大门都没让我进院。

　　为这几户村民和包喜成家，村两委还专门开了一个会。会上商议后，他们觉得这样也好，如果都种新品种就没有比较了。张四望说，咱们不能任他们胡闹，也不能看着村民脱离村委会的领导。他们鲜食玉米这块没有收入，到时候在反季蔬菜销售上给他们找补，不能眼看几户人家的收入下降。至于包喜成，要给他点惩罚，否则他就是一条泥鳅腥了一锅汤。

7

七月的太阳像一盆炭火，把大地烤得滚热。滚热的大地散发出的股股热浪，扑到人身上就是一层热汗。

滕七花和唐溪水还有刘绍全，要到北京参加农业技术推广站主办的第三十届鲜食玉米速冻果蔬大会。张四望说我看会议通知了，说这次会议的主题是建立鲜食玉米产业交流合作平台，连接育种、栽培、生产、营销的产业链。你们仨这趟出去，不仅是开会，还是学习和取经。这对咱们村日后的鲜食玉米采收、加工、储存、运输、销售等环节都能有一个宏观的了解和认识，同时也能与有关育种、营销的机构建立初步的联系，这也可以对咱们村鲜食玉米加工项目进入到实质性工作后，起到一个很好的推动和促进。鲜食玉米加工项目毕竟是长远项目，即使建起来，也要随着市场的需求而不断地改进，所以，太需要领导者卓越眼光的把控了……我在家跑跑加工厂资金缺口的那块，缺口资金要是能顺利地解决，你们回来咱们就能开始鲜食玉米项目设备的安装，调试和试运行。张四望把手里的水杯放到桌子上，他说真是急，眼下黏玉米已经开始灌浆了，成熟的玉米不等人啊。

"书记，你身上的衣裳又肥了哈。"张四望低头看了一眼身上浅灰色的T恤衫，笑了。

滕七花他们仨走了一个星期后，张四望回了一趟师大。他直接找校党委书记，汇报了幸福村鲜食玉米加工项目的进展情况。听完他的汇报，书记笑了，说这个项目肯定是朝阳产业。我相信你们建起来不会有问题，如果有问题一定是资金不足。说吧，资金还有多大缺口？没等张四望说话，校长推门进来。"听书记说驻村第一书记回来了，我马上赶过来。"张四望站起来，他说校长可别拿我开心了。校长示意他坐下，说你们扶贫干部最辛苦，赶紧坐下说话。张四望心怦怦直跳，听书记和校长说话，再看他们胸有成竹的样子，他试探地问："三十五万的资金缺口会不会太多？"书记和校长都笑了。张四望抑制住激动，他说要不是增加一套杂粮加工设备，只是鲜食玉米加工设备的话，资金就没有这么大的缺口。我们仨后来想，光是鲜食玉米加工太单一了，虽然有了四百多平方米的冷库，但是粮食这块还是单腿走路。我们就想增加一套杂粮加工设备，今年，幸福村除了大面积种植玉米，还种植了谷子高粱大豆等一些杂粮。这些杂粮在农民手里卖不上价，如果精细加工投放到市场，利润也很可观。

张四望还谈了驻村扶贫工作的感受和认识，他说村庄可塑性太强了，现在的问题就是流动性太大，年轻人都到城里打工，留守下来的老的老小的小。尤其贫困村庄，越穷越留不住人，啥时候把村庄建设得让那些出去的人都争先恐后地回来，村庄才会有更大的发展……书记告诉张四望，这笔款都是全校教职员工捐助的，还给他们捐赠了二十把大遮阳伞。玉米成熟了，扒棒又都是手工操作，有了遮阳伞村民们就不挨晒了，阴凉对玉米保鲜也有益处。张四望说："太好了，太好了，还是领导想得周全，领导这是在帮我们解决鲜食玉米加工前的各种实际困难。"校长接过他的话茬说："学校就是你们的家。你们在外有困难，家里人怎么能看着不管……"张四望从书记办公室出来时，已经是傍晚了。他到副食店买了几样熏酱的肉菜，还买了一份凉拌耳丝。出门时又买了一份手抓饼，他想吃饼了。在村子里吃泡面把胃口都吃倒了，要不是忙得实在没办法，他一口都不想吃泡面。从副食店出来，他给宋黎打了电话。宋黎说你给咱妈打电话吧，告诉她咱俩回家吃饭。爸妈说咱们全家好久都没在一起吃饭了。张四望说行啊，让咱妈做生煎排骨和煎带鱼，焖大米饭，我还带回一大袋豆角和青菜。

不知道从什么时候起，城市的尘埃从夏天飘到冬天，从没有落定的时候。也不知道从什么时候起，城市失去了颜色。即便走在灯红酒绿的夜晚，颜色也是混沌不清。七月的城市溽热得雾气昭昭，喧声四起，而村庄却纯净得像一幅画，并且色彩分明。无论是鸡鸭鹅狗的叫声，还是庄稼哧哧长着的声响，村庄的响动就是日子的味道。哪怕是冬天苍白得愣愣的荒野，哪怕是被大雪覆盖得一望无际的村庄，屋顶的烟筒里如若飘出或绸子或柱状似的炊烟，村庄嗵地一下便被激活了。张四望给岳父打了电话后，不可遏制地思念起村庄来。

车被塞在高架桥下动不了。这两年，张四望对城市的拥堵和塞车已经不习惯了。他心急如焚地看着前方，绿灯亮了，车子也不动，他估计前边一定是发生了事故。张四望摇下车窗，左转车道上的一辆黑色路虎车里甩出半截烟头，差点落在从后辆皮卡车副驾驶座下来的小伙子身上。小伙子骂咧咧地从车辆缝隙中跑到前面查看路况。果然，一辆白色轿车撞上等红灯的厢货车。张四望在高架桥下堵了一个多小时。宋黎电话里急切地说，我都到家了，你还在路上。

晚饭，张四望喝了半杯红酒。他兴奋地跟岳父说："爸，钱的问题解决了。真没想到师大这么大力支持，要是没有师大，这笔钱我们仨哭都哭不出来。这两年虽然累，但看到村庄的改变也高兴。"宋恩泽看着他笑："男人总是得干点事儿。别学我，你妈最常说的就是百无一用是画家。过去还能换个灯泡，现在谁家还使灯泡啊？都开始用什么灯带了，灯带复杂得我连看都看不懂。再说登高爬上这种事儿我也干不了了。"岳母抢过话："你俩看见没，这人老了脸皮都厚了。你爸还好意思说他的光荣历史，快住嘴。"岳母乜斜一眼岳父："赶紧把咱们的决定告诉孩子们。"

宋恩泽笑眯眯地看了一眼女儿，又看着张四望，"我和你妈决定，给幸福村捐款五万元，至于资金如何使用你们自己定。"张四望愣了，他看着岳父母又扭头看宋黎。宋黎抿嘴笑了："你别看我，我也和你一样是刚知道。你还不快谢谢咱爸妈。"

"爸，妈，太感谢你们了。做你们的儿子是我最大的幸福，太感谢你们了！"张四望激动得语无伦次，再加上又喝了酒。

这晚，张四望和宋黎就住在岳父母家。老两口高兴得都没心思看新闻了。宋恩泽说："明儿个等四望回来工作就教你妈打麻将。咱们也学学别人家，没事儿喝点酒打打麻将。我也不能老画画，虽说不能娱乐至上，但也要学学你们年轻人，吃点喝点玩点……"张四望看着岳母笑："麻将可好学了，等明儿个我教妈。"

躺到床上，宋黎盯着他说这下好了，资金也筹到了，爸妈还给你们出五万。有了钱就能采购设备，有了钱，你心就长草了，恨不能今晚就回幸福村哈。张四望憨憨一笑，说："等鲜玉米下来，你最好下屯去看看。"宋黎抿着嘴唇，说："我再爱吃玉米，也不想到你们那里吃，让村民看见还以为你这个第一书记搞特殊呢。等你们鲜食玉米上市，我买它十几二十箱。到时候我就坐在玉米堆里吃烀玉米，烤玉米，玉米炖排骨，吃腻了就打玉米汁喝。再动员群里的同学和我们系里的老师们买，现在人都讲究吃粗粮，尤其咱爸妈，更讲究粗细搭配。"

"这还差不多，这才是境界，这才是觉悟，这才是扶贫干部的老婆。"张四望笑了，"你还是去一趟吧，刘书记家的菜园子里种的豆角茄子，我们承包的大棚还种嘎啦果柿子，你尝尝就知道啥叫小时候的味道了。还有望儿，你要去看看它，望儿可是一条能听懂人话的狗。"宋黎瞪着他："对了，以前我咋不知道你喜欢猫啊狗的，你对望儿咋这么上心，难道这条狗前世是你儿子？"

"又开始胡说八道了哈。睡觉——"张四望抬手摁灭台灯。

早上起来，张四望又到师大去了一趟。先到法政学院填了几张表，又到收发室取了一摞子信件。他大致翻了翻，除了各种学习邀请函和广告推销，还有银行通知单等杂七杂八的东西。临近中午才办完事，他到食堂匆忙吃了饭就开车出来。好久没吃食堂的饭菜，冷不丁吃一顿觉得格外有味。辣炒扇贝，张四望吃了一份不够，又打了一勺。吃完饭，他想到批发市场给岳父母买点海鲜和肉，老人出门买菜拎着费劲，宋黎又不擅长买菜，宋恩泽还爱吃海鲜，他特别喜欢吃清蒸黄鱼。张四望刚要出门，就看见马院李想老师的车进来。李想也看见了他，欢快地按了两声喇叭。他俩把车停在路旁阴凉树下，李想笑着从车里下来，从烟盒里弹出一根烟递给张四望，说他黑了也瘦了："出来太多年了，再回村庄不习惯吧？是不是快回来了？"张四望说："还行，前一个月有点不适应，再后来好了。回来还没具体日期。当时说是驻村两年，但现在看不一定，估计得把2020年这场脱贫攻坚战打完。"李想说："行啊，反正都去了，也不差一年半载的。好好干。"李想又神秘兮兮地看着他，说："跟你八卦一下。你们老腾可能要有喜事儿了。前不久我们同学聚会，有同学说郑秋找对象了，听说是你们师大的机关干部，好像在乡下扶贫。我本来还想打听打听，这酒一喝上就把这事儿给岔过去了。正好那天，郑秋因为有事没去参加同学聚会，要不我就问问她本人。"李想顿了顿，又说："你是他队长，这么大的事儿你能不知道？"张四望愕然地摇头说真不知道……电话响了，张四望歉意地摆了摆手，回到车里。是村委会通讯员包文红的电话。

"下次回来请你吃饭啊。"李想的车拐了两个弯不见了。

张四望给宋黎打了电话，告诉她乡里有事他直接回去了。

8

出市区用了一个多小时，上高速后张四望才吁了一口气。以前，张四望没觉得市区有什么不好，自从驻村以后，他就拿村庄与城市比，他一进到熙熙攘攘的市区就无端地烦躁。上了高速，他心里才静了下来。张四望的心情无比轻松，他怎么也没想到，资金这么顺利就解决了。他现在急于订货。之前，他们就把要采购设备的厂家都看好了，价格也谈到最低。这个厂家是他们询价多个厂商后才定下来，人家知道是扶贫项目，一再说这个价格已经是最低了。余款打过去对方就发货，安装人员和技术人员也随后就到。一想到加工厂生产的情景，张四望激动得扫一眼后视镜，发现自己嘴角的笑意与望儿有点像。他咔地笑出了声，究竟是望儿像自己，还是自己像望儿。

一条像主人的狗，和一个像狗的主人，他们的前生今世有着怎样的渊源呢。一想起驻村第一天和望儿相见的缘分，张四望心情便好得无法用语言形容。看见服务站，张四望带一脚刹车拐下了道。他到超市买了一提水，中午辣炒扇贝吃咸了，他渴了一道。他把一提水扔进后备厢，拽出一瓶咕嘟咕嘟喝下半瓶。他没有急于上车，站在车旁活动酸麻的腿脚。真是老了，以前一口气跑六七个小时都不觉得累，现在跑两个小时就觉得腰酸腿麻。他极想跟人交流，他开车占着手，又不能在高速路上打电话。这会儿，他拨通了滕七花的电话，讲了筹措资金的过程，他说给厂家打款时直接预约安装时间，等他们回来就安装。张四望说，你和刘书记对机器设备一看就明白，一学就会，小唐也比我强。

滕七花没想到，他们刚走就筹集到了资金，而且还超额筹到五万块。他在电话那头兴奋得哈哈大笑，说他们开会回来就可以安装调试设备了，到时候边跑市场边跑品牌商标注册的相关手续……张四望没说五万块是岳父母捐的，他想等他俩回来商议一下，这五万块是给小学校还是用在加工厂的后期建设上。张四望心里也兴奋，他没想到缺口资金这么痛快就解决了，真像宋黎说的，手头有钱，腰杆就直溜。他更高兴这几个月滕七花的状态有形无形中，有了这么大的变化。这家伙，等他回来可得过过堂，找对象这么大的事儿都不通报，太不当他们是哥们儿了。张四望嘴角又现出笑意，看来恋爱是人间的美事儿，这话一点都不假。只工作并不能让人心情愉悦，还是谈恋爱才更有动力。两年了，他们仨黑夜白天地在一起摸爬滚打。小唐岁数比他俩都小，他眼见着小唐一点点成熟起来。以前那个不敢走夜路，见到狗腿软的唐溪水早就不一样了。艰难复杂的扶贫工作让他们仨成为一家人，他们的感情就像手足兄弟。去年小唐生病，滕七花离婚，他们时时牵挂着彼此，也共同度过了一段艰难的岁月。就是以后撤回去了，这辈子他们也会像一起扛过枪的战友不会忘却彼此。张四望去了一趟卫生间，上车后一脚油门就上了公路。今天是周四，又是半晌不午的，高速路上的车辆不多，张四望一路都沉浸在感慨里不能自拔。驻村扶贫对他们三人来说，绝对是他们生命的财富。在城市生活工作了许多年的人，在面临村庄的各种矛盾后才认识到，今天的村庄已然不是当年的村庄了，对驻村扶贫干部将是一场大考。他们三人都在这场大考中，交了一份让师大满意，让幸福村村民满意的答卷。

高速路两旁都是笔直的白杨树，中间隔离带的树也长得茂密葳蕤。张四望就喜欢这段路，以前，他和宋黎假期自驾游，每次走到这段路都放慢速度。宋黎说，咱们就是出来玩的，见到风景就停下来看看，过了这个村就没这个店了。他和宋黎就这样好，无论是美景还是美食，两人总是一拍即合。冬天，这段路上也别有一番风情。虽然白杨树的叶子落了个精光，但喜鹊却在树枝上安了家。树枝在寒风中宛如被弹奏的琴弦，奏响的曲子从来都不重样儿。

张四望摇下车窗玻璃，风呼呼地灌进来。晚饭前，张四望回到了幸福村。

张四望接到物流电话。他与物流约定了送达时间，还电话跟厂家预约了安装时间。一想到成熟而又清香的玉米从地里拉回来，再到机器里就变成一穗穗独立真空包装的金黄玉米棒时，他就兴奋得直想笑，微醺得脚下都有点飘。望儿是最懂主人的心思的，它使劲地摇晃着尾巴。张四望摸着狗头，望儿，咱俩吃点啥。晚上不吃饱饭，半夜饿得胃疼。他刚打开房门，刘绍全老婆就进来了。刘嫂子笑说："看这天色就知道张书记差不多回来了。你哥也不在家，园子里的菜吃不了，俺摘了一袋大马掌豆角，线茄子，贼不偷柿子，黄瓜，还有小辣椒和蘸酱菜。"刘嫂子把几个塑料袋子放到门口的石阶上。"兔子翻白眼豆角也下来了，结得不厚但也够咱们尝尝鲜。俺给你盛一碗还拿几个馒头，舀了一罐头瓶大酱，你一会儿就别做饭了，洗点蘸酱菜吃一口得了。"刘嫂子说话的语速快，刘绍全经常拿老婆说话的语速说事儿，遇到村民说话慢又前言不搭后语，他就不耐烦地说你能不能快点，俺老婆放屁都比你快。他也讥笑老婆，你吃一锅炒黄豆了？能不能慢点，别人都整不明白个数你就说完了。刘嫂子虽然是急性子，却是个好脾气的人。她嘻嘻一笑，说都过这么多年了，你还不习惯啊。

可能是饿了，也可能是鲜食玉米的项目推进顺利，张四望觉得这顿晚饭吃得格外香。刘绍全家的兔子翻白眼豆角果然好吃，刘嫂子的手艺也好，猪肉皮炖得软烂。乡下人过日子仔细，啥东西都舍不得扔。一年杀一头猪，熽油的油渣都盛到坛子里，炖茄子炖豆角，肉皮也是好东西，除了熬一锅颤巍巍的皮冻，余下的肉皮也留着炖豆角炒辣椒。离开村庄多年后，张四望过惯了城市生活。他再次回到村庄时，才发现村庄的日子才是他想要的。尽管每天都猪叫狗咬，一进院还有鸡鸭鹅哏嘎的叫声，可他觉得这样的日子才有生气。滕七花也有这种感觉不足为怪，他没想到在城市长大的小唐也喜欢有响动的日子。他从没跟宋黎交流过，他怕她抢白他。去年生了那场大病后，宋黎的身体恢复得不错，虽然两人都没再讨论生孩子的问题，但张四望的心里还是隐隐地疼，这个疼并不是因为孩子，而是宋黎的父母。他们老了，上次回师大筹集资金时，他们像见到远行的儿子归来似的，眼光一刻也没离开他。岳母说天这么热，四望又天天吃屯子的菜饭，咱们今天换换口味去老俄楼吃西餐吧。宋恩泽和宋黎都不同意。岳父说四望最吃不惯西餐了，咱们在家做点好的，再喝点红酒。张四望说我去做饭，好久没在家没做饭了。岳母急忙起身，说你好不容易回来的，这顿饭你俩谁都不用，我和你爸做。宋黎在网上买的带鱼黄花鱼鲅鱼大虾，几乎都没动，你俩不在家吃饭，我和你爸吃不了多少。趁四望在家，咱们大吃一顿。

张四望心里有一种说不出来的满足，他觉得这个家就是他的靠山。

9

村庄的夜晚是蚊虫的战场，蚊虫也是夜晚的杀手。做了杀手的蚊虫朝着灯光扑来只有两个结局，要么吮吸鲜血而生，要么吃饱喝足又死在巴掌下。张四望打开笔记本准备写工作日记，起身倒水时似乎看见院子里有一团蠕动的东西，望儿也竖起耳朵。他眨眨眼，想可能是灯光晃得花眼了。他刚坐到椅子上，敲门声也随即响起来。望儿倏地蹿到走廊，他愣怔了一下，也快步跑出去开门。吴静余一看见他就呜的一声哭出来："张书记快去俺家看看吧，李场长老婆带两个人在俺家闹腾呢，要点把火把俺家房子烧了呢，她说俺家小云勾引她男人，堵着俺家门要把小云打死呢。吴川他妈把小云藏里屋立柜里了，俺从后窗户跳出来的呢……"张四望顾不上灰头土脸的吴静余，更没心思听他啰里啰唆，他推上门就朝吴静余家跑去。

吴静余家院门外站了一大群看热闹的大人和半大孩子。张四望吆喝看热闹的人散了散了，这么晚了还不回家看电视睡觉。吴静余家的房门大敞四开，三个外人看见他急慌慌地进来，扭头都朝向他。张四望没顾上跟他们打招呼，他问吴川呢？如果吵嚷声激怒吴川，那后果就不敢想象了。吴静余也随后像球似的骨碌到屋门前，在门口被鸡食盆绊了一下脚，他跌倒的咕咚声像石磙砸在地上。他叽里咕噜地从地上爬起来，说吴川吃了睡觉药睡下了，他妈在屋里看着呢。张四望吁了一口气，他咕咚咕咚跳的心脏也稍稍平稳下来，他说有问题去村部解决，别在家里闹腾，不知道这家的孩子有精神疾病吗？你们中间要是谁有个三长两短，他可不负法律责任。你们胆子也大，还到家里来闹，没有一点法律常识……张四望的话一下子让张牙舞爪的女人闭了嘴，她下意识地往两个男人的身后靠了靠。

"走吧，跟我去村部。"

一进村部，女人就号啕大哭起来。她让张四望给她做主，说李场长原本是一个顾家的男人，还可爱她和孩子了。尚小云是个狐狸精，睡了她男人还把她男人拐带坏了。她男人现在对她不冷不热，爱搭不理，对正上高一的儿子也是不管不顾，儿子正是学习的裉节儿上，他却当甩手掌柜的在外寻花问柳。要是让儿子知道他在外面养小三，儿子这些年的书就白读了。现在孩子的心理都脆弱，本来上高中的压力就大，平时在家我们都不敢招惹……女人说她的命苦，她为男人生了儿子，里里外外都是她一个人忙活，就是为了让男人安心地到乡下创业。男人把她一个人扔在家，她在家守活寡不说，好好的男人却被屯子里的女人给睡了。男人她坚决不要了，但是钱得给她……张四望给她倒了一杯水，让她喝口水冷静冷静。张四望心里一直在想，是否给李场长打电话让他过来。他犹豫了一下，李场长能不知道老婆带人来找尚小云吗？他到现在都没露头，估计也是没法面对这个场面。

看来尚小云这个工作是干不下去了，吴静余这个家也要散了。

两个男人一个是女人的侄子，一个是女人的外甥。张四望说："你们俩跟着凑啥热闹？一个侄子一个外甥，你们日后是能对你姑对你姨的生活负责，还是能给她养老？还有你们的表弟，你们能对他的人生负责吗？遇事要冷静，一个过了十几二十年的家能说散就散吗？"侄子低下头没说话，外甥梗着脖子哼了一声，说："那也不能让我老姨受这个窝囊气啊。我老姨父现在混得人模狗样的，我老姨当年可不是白给的。没有我老姨能有他今天……"外甥的话又碰到女人的痛处，她又嘤嘤嗡嗡地哭出声。她说以前只听说过张书记的大名，知道张书记是个好人，但不能偏袒尚小云，要为她这个明媒正娶的人做主。她说自己刚才说的都是气话，是被尚小云气晕头了。她不想失去男人，也不想不要这个家，毕竟儿子这么大了，她也老了。她实在是气不过才到尚小云家闹的，她不知道尚小云的男人有精神病……女人哭得无尽的委屈。

十二点多了，张四望才把女人和两个男人送出村部。

张四望没有进卫生所的大院，他又去了吴静余家。吴静余和老婆都没睡觉，他们两个坐在炕沿上，吴静余脑袋像一个大葫芦似的低垂着。老婆双眼红肿，被儿子打的胯骨疼得她直冒冷汗。她把那条病腿放在炕沿上，倚在墙上不知所措地看一眼吴静余，再看一眼睡得死人似的儿子。张四望进门，她像看到了救星，倏地拿下那条病腿。张四望说这么大动静吴川都没醒，这是吃了多少药啊。吴静余老婆看着张四望呃了一声，又低下头。张四望说你们两口子也抓紧睡一会儿吧，估计吴川这一觉能睡到天亮。吴静余满脸都是眼泪，他说这个药是新开的，也是第一次吃呢。看来这药比先前的药都好使呢，以前的药都吃出抗药性了呢。张四望四下趔摸一眼，他揣摩尚小云可能还在东屋。吴静余拉住张四望的衣袖，像个受委屈的孩子和大人要玩具似的跺着脚。"书记，俺家小云可是个好孩子呢，她不会做这事儿呢。都是那个女人疑神疑鬼的呢，俺家的孩子俺们两口子知道，她跟俺们从来没二心呢……"吴静余擤了一把鼻涕，"书记呢，你可要给俺们做主呢。"吴静余像个怨妇似的又哭起来。

吴静余老婆附和地点头："张书记，张书记啊……"

吴静余说话的声音很大，张四望明白他是说给尚小云听。

张四望走进卫生所大院时，不知道是谁家公鸡打了第一声啼鸣，随即就引发了一片啼叫声——天咚地就有了鱼肚白。蒙蒙亮的天充满了神秘感。张四望疲惫地打了一个哈欠。

10

到北京开会的滕七花和唐溪水回来一个礼拜后，鲜食玉米和杂粮设备就进入到安装调试阶段。那几天，滕七花和唐溪水日夜都盯在现场，张四望却被村里的事儿缠住了。

刘锁彤接连三天都给工作队承包的大棚送鸡鸭鹅粪，而且送到地里的还是用大锅熬煮过又用土拌好的肥料。他把肥料传成堆，说这样发酵快，冬天正好用。张四望问他，这些日子你家肥咋这么多？你还这么下力地把粪熬熟了？一院子的鸡鸭鹅，你哪儿来的时间？刘锁彤嘻嘻地笑，他说看你们这块地的嘎啦果柿子长得太稀罕人了，就想为这地做点啥。这世上有变心的人，没有负心的土地，喂它吃多少，它就回报你多少。滕七花与张四望对视一眼。第二天一大早，刘锁彤又来送粪了，正好被上厕所回来的唐溪水碰上。小唐说煮熟拌好的粪都快堆不下了，咋还天天送？是不是脑袋里又有啥弯弯绕了？刘锁彤脸腾地红了，他往手掌心吐了口唾沫，又传了两锹粪才抬起头来看着小唐，嬉皮笑脸地说："工作队要是不给俺做点啥指示吧，俺心里咋有点不托底。"

"你这话我可不信。"

刘锁彤的嘴角抿成一条线，不紧不慢地把拌土的粪传成一个馒头状，还拿铁锹使劲地拍实。临走时，刘锁彤还要把望儿带走。他说让望儿和他家大黄亲热亲热，他家大黄想望儿想得都打蔫儿了。小唐说望儿不会跟你走，张书记不发话，就算因为爱情望儿也不会背叛主人。刘锁彤笑了笑，眯缝着眼睛叫了一声："望儿，走，大黄想你了。"望儿摇晃两下尾巴，又转头看一眼在门口刷牙的张四望，噌地蹿上刘锁彤的三轮车。刘锁彤冲着小唐得意地笑了，他轰了两脚油，三轮车拉着一条狗栽楞儿下跑走了。

"喊，望儿你回来，为了爱情你就背弃主人？你可真没出息。"小唐玩笑道。望儿连头都没回一下。

刘锁彤送望儿回来时，还带了两瓶"闷倒驴"。滕七花说刘锁彤怎么变了一个人？张四望说这两瓶酒要是不收，他脸都得红到脖颈，还得说咱们不待见他。三个人相视一笑，张四望说咱们就静观其变吧。刘绍全正好进门，他说咱们都看看刘锁彤到底能作出啥幺蛾子。

果然，一连送了五天粪后，刘锁彤笑嘻嘻地进屋了。"你们仨刚吃饭啊，够晚的了哈。村里的事儿就是多，晚饭都吃这么晚，真是够你们一呛。"刘锁彤咳嗽了两声，"啧，就吃一个拍黄瓜啊。明儿个俺摘点豆角茄子送过来，这时候啥菜都有，咋能就吃拍黄瓜。"他转身到门外吐口痰，"哪怕烀两个茄子用小葱拌点大酱也下饭啊。"没人接他话茬，刘锁彤脸红得像鸡冠子。他支吾了几声，大有豁出去的气势，他吁了一口气，说："你们几个都在哈。"唐溪水笑了，"敢情你说了这么半天才发现我们都在啊？"刘锁彤不好意思地咧了一下嘴，又咳了一声："以前，俺有啥做错了，你们大人不计小人过，以后俺再也不了。帮，帮帮俺吧，儿子毕业了，花那么老多钱念个破护士，咋也得找个医院的活啊。要是跟俺种苞米养鸡养鸭，念的书就白瞎了……"张四望扑哧笑了，说别再送粪了，不够再跟你要。那两瓶酒我们收下了，等刘彦龙工作落实了咱们一起喝。刘锁彤那条好腿弯了两下，半蹲半跪地哈下腰："俺保证以后不再跟你们算计了，再也不了……"唐溪水把他拽起来，说你这是唱的哪出啊，有事说事儿。只要你们别无理取闹，工作队就是为村民服务，帮助村民的。刘锁彤脸红得像充了血，连没头发的脑瓜顶都红了。他眼睛里闪着白花花的水，嗯嗯啊啊地点头。

目送着刘锁彤的背影走出卫生所的大门，滕七花感慨地说可怜天下父母心啊，不管是什么性格，也不管多强势的父母，为儿女都能低下头。刘锁彤这个人万事都不求人，一说话就梗着脖子，老是一脸的愤怒，可他为了儿子……张四望点头，他突然想起一件事，扭头盯着滕七花问，花哥，你打算啥时候给咱儿子找个妈？滕七花愣怔了一下："我错了，我错了，我这是先斩后奏的节奏，我向你俩谢罪，谢罪。"滕七花拱手作揖，脸上堆着笑。

张四望说你应该请我们俩喝酒，你有情况都不主动交代，还等我问，我要是不听李想说还蒙在鼓里。滕七花朗声地笑了，说人家这不是还在了解阶段嘛。有过一次婚姻的人再走进婚姻，哪那么容易。人们为什么都对初恋念念不忘，初恋的感情没有杂质。你和宋黎为啥这么多年都不离心离德，就是你们俩心始终在一起……张四望的心陡然悸动一下，脸上掠过一丝涩然，但他转瞬就释怀了。滕七花说得没错，他和宋黎结婚十几年了，宋黎从来没对他有过要求，也不跟他分心。

"花哥偷着谈恋爱，还找一个比自己小六七岁的女人，没让我和队长批准这件事很不好啊。我们俩心里很不舒服，这个问题很严重啊。"

"我错了，一会儿去刘书记家摘点豆角茄子，晚上给你们俩豆角炖排骨，茄子炖土豆，再炒个尖椒干豆腐，鸡蛋西红柿，晚饭四个菜。"张四望笑了，问道："刘颖知道你找了？"滕七花摇头："不知道滕铁峰跟他妈说没说。开始，我还想瞒着儿子，可这个儿子比猴儿都精。不等我交代，就问我，'老爸是不是有情况了？对方是长头发的阿姨吗，要不要领来让我把把关……'你俩听听，知道我是他老爸，不知道还以为我俩是哥们儿呢。"

"这倒好。花哥你也不用内疚了，是前嫂子不接受你，又不是你背叛家庭。你就好好谈恋爱吧。"小唐点着一根烟，"要是你弟妹再给我一次机会，我也绝对不放过，一定谈一场轰轰烈烈的恋爱，可惜啊，你弟妹就是一块牛皮糖。"

张四望说小唐你别吹牛了，别人不知道，我和咱花哥还不知道。唐溪水吐出一口烟，笑着说队长就不能让我快乐快乐嘴。张四望笑了，说咱们说正事儿，刘锁彤的儿子咱们不能不管，毕竟他和吴川是村里走出去的大学生。吴川现在这个情况，指望他好是不太可能了。不能让刘彦龙不学以致用，我先去乡里跑跑。你俩也想想门路，要是镇医院安排不进去，哪怕去个体医院呢。锻炼几年兴许他就是一个好护士，男护士也是未来一个趋势。日后他要是愿意回到村卫生所不也挺好的。滕七花和唐溪水点头，说上心，一定上心。张四望把刘彦龙的事儿放在心上，到乡里开会时，他顺便了解了一下乡镇卫生所和县中心医院的情况。

　　乡镇卫生所的状况都不容乐观，很多乡镇卫生所都没有像样的医生，听乡镇上来开会的人说，分来一个大夫干一两年就走了，不是去读研就是到南方打工。南方有很多私立医院，人家给的待遇也高，现在的年轻人，谁愿意待在穷得兔子都不拉屎的地方啊。岁数大的医生有点能水的也都被聘走了，就算有医生甘愿扎根在乡镇医院，最终也成了只会开处方的大夫。乡镇卫生所，设备简陋落后得没法用了。过去，还有胆大的大夫，把病人按到炕上像劁猪似的割盲肠，现在可没人敢这么干了，村民们没事儿就看法律节目，动不动就去告状，医生宁可看着病人疼痛，也不敢冒这个风险……

　　刘锁彤没事儿就去卫生所，不是拎一兜青菜，就是拎几个咸鸭蛋，十几个鸡蛋。滕七花说你可别老往这儿跑，整得我们几个都老不安了。一看见你，我们就像欠你钱似的。儿子的事儿都装在我们心里了，我们时时刻刻都想着呢。你整天魂不守舍地往这儿跑，多耽误事啊，地里的玉米，院子里的鸡鸭鹅都等着你管……刘锁肜嘻嘻地笑，撂下东西拐着腿到草甸上放鹅去了。

11

加工厂设备试运行得很顺利。张四望说咱们仨就像怀孕的女人，只有孩子出生心里才踏实。滕七花说队长放心吧，设备正式生产保准没问题，明儿个开始咱们就到田间地头去，看看"孩子们"是如何长大的。出生后还有好多事儿要忙呢，给"孩子"落户口，再把它们抱出去见人，这关就够咱们忙活了。咱们得宣传自己的孩子长得好看，有哪些优点，否则人家也不认啊。张四望说这年头酒香也怕巷子深，鲜食玉米加工项目去年立项，现在都七月了，从开始有这个想法到今天建成，差不多用了两年的时间。也算没白忙活，现在看来，咱们还是很欣慰。当初订的村支部领办村办企经营，贫困户参与，工作队辅助的运行模式是正确之举。这个项目是幸福村自己的产业，也关乎到村庄日后的经济发展。目前来说，这个项目规模适中，加工工艺简单，是一劳永逸并且适合村庄发展的产业。以后，市场打开了，再扩大种植面积。资金充足的话，再上一条生产线也不是问题。一只麻雀从屋檐飞落下来时，撞到了窗玻璃上，麻雀扑棱两下翅膀又飞起来。唐溪水笑着说，看样子这是一只刚学飞的小麻雀崽儿。

关于品牌和名称，村两委和工作队开了几次会议，最后决定以壹馨农科科技有限公司注册，用"打点屯"做商标。吴静余的孙女吴悦然手里捧着鲜嫩玉米棒的肖像印到包装箱上，包装箱上一下子就有了色彩。一箱十二穗玉米，省内快递费加十元，省内批发和外省包邮的价格也有所区别。会议还决定，公司进入运营后，农户通过销售黏玉米给村办企业获得种植收益。村民通过参与生产用工获得劳务收益，村集体经济效益用于特殊贫困群众的分红或兜底保障，以及幸福村的自身发展和建设。张四望说，咱们还得着手准备资料，打开市场后就更有的忙了。还有，小唐再跟北京科研部门联系一下，等玉米成熟了，带上样品请专业部门把鲜食玉米的营养成分和微量元素做一个专业的检验。鲜食玉米投放市场时也好有个抓手，否则你说你的东西好，好在哪里得说出来。咱们既不夸大也不能低调。这是一个推销自己的时代，至少要有效地表现自己。村两委和工作队七嘴八舌地议论起来。唐溪水突然用力地击了一下手掌："忘了，忘了一件好事。师大保卫处知道咱们鲜食玉米的加工项目，他们捐赠了一套视频监控系统，附属工程和技术就有着落了，日后生产就有了保障。"滕七花高兴得跺了一下脚："这么大的好事儿咋不早说。"小唐捶着脑袋说："这个臭脑袋，忘得死死的。"

张四望说，虽然我们前期做了大量工作，但是市场千变万化，我们就学那只刚学飞的小麻雀，发现障碍物马上调整方向。会开得热烈，张四望看了一下时间，说都快到六点了，散会吧。大家还舍不得走，村干部们都对幸福村未来的发展充满了信心。

初秋的风轻柔而又温和，微风中都夹杂着庄稼成熟的味道。村人们都眼巴眼望地盼着玉米成熟，有事儿没事儿，村民们都到田间地头聚堆闲聊。玉米还得十天半个月才能成熟，性子急的人，就在地头扒开一穗玉米棒，刚扒开一层青绿的玉米皮就闻到一股牛奶的甜香，玉米棒穗大籽粒还饱满。村民们脸上都喜滋滋的，闲聊的话题无非就是估算玉米的收成。

"这下好了，种了这么多年的苞米头一次还没等下来，就见到钱了。"

开会时，唐溪水与张四望汇报，说村里表面上一片平静，其实闲言碎语也不少。有人说别看他们种的新品种苞米长得好，那也是白费。加工厂的设备都是在网上买的破烂货，说不上转几手了。使两天就得成一堆烂铁，现在铁还没报纸贵，卖破烂都把铁夹到报纸里。先前买设备的钱是到处"化缘"来的，设备跟不上趟，苞米就都老到地里了。到时再下几场连天的秋雨，来不及掰下来的苞米就得沤到地里，到时候只能卖给养殖场喂猪。张四望看着小唐笑，说这话的一定跑不了打点屯的包喜成。他们相视一笑就起身去了玉米地。两只喜鹊从他们头上飞过去，一只落到杨树上，另一只踅了一圈也落到杨树上。叽喳的叫声就从浓密的杨树叶缝隙里传了出来。唐溪水仰起脑袋："我咋一直都没搞明白。乌鸦都是成群地飞，而喜鹊只结对。尤其冬天要下雪前，成群的乌鸦把天都遮得黑天蔽日的。呱呱的叫声烦死人了。"滕七花看着小唐，说整不明白的事儿太多了，要想整明白，就得在村庄住下去。小唐歪着脑袋看他，顺手扔给他一支烟。

八月五日，一大早有点假阴天。张四望他们一出门，滕七花就说，书记你看这天上的云像不像水波纹？张四望和小唐都仰起头看天，小唐还吹起了口哨。张四望说今儿个又是个大晴天，这两年别的学得不咋地，和刘书记学会看云了。小唐说这个不跟你犟，咱们的张书记确实得到刘书记的真传了。果然，还不到八点，太阳就嗵的一声出来了。

第一天试车，工作队和村两委早早地就来到加工厂。第一车玉米拉回来，扒完皮就在技术人员的指导下，按照清洗，切头，真空，高温灭菌的流程试车。当玉米棒缓缓地从生产线上露出头来时，张四望的眼眶瞬间就热了，鼻子也有点发酸。他看了一眼滕七花和唐溪水，滕七花把手里的烟盒都捏扁了，他是在极力控制情绪。而小唐的眼泪像流水线上的玉米棒簌簌地流了下来。刘绍全攥起拳头，脸颊轻微地抽搐。他从小就生活在村庄，对于玉米他再熟悉不过了。父母那一辈都是吃高粱苞米活人的，如今不起眼的粗粮却成了稀罕物，还成了村民们发家致富的经济作物了。参与扒玉米的村民都踮脚抻脖子地往生产车间里看，他们都兴奋地说笑着。首次试车成功，到了八月中旬就将正式进入批量加工了。张四望他们和村两委互相击掌，包文红说今晚贪黑也得把简报写出来，明早报上去。

张四望点头，说成熟的玉米不等人，鲜食玉米加工有要求，当天采摘当天加工，拒绝添加剂，高温灭菌，营养成分才不会流失。当天掰下来的鲜玉米如果当天不能加工出来，放一宿口感就疲沓。到时候别说手工扒玉米需要人手，加工也得三班倒。成熟的玉米棒掰下来会影响口感，不掰也会影响味道。就如炒菜一样，火候的把握是技术活。

大面积开始掰棒那天，刘绍全带着村两委走到工作队面前，他激动得竟然有些口吃："太、太感谢你们了。没有工作队，谁能想到幸福村会发生这么大的变化。"张四望笑："一家人不说两家话。"刘绍全不好意思地咂了一下嘴，说："真是太高兴了，昨晚一宿没睡着觉。"

"这往后可有的忙了。"

刘绍全说："俺们不怕干活，这些年穷得就剩力气了。以前是有劲不知道往哪使，现在好了，吃饱喝足就干活呗。等村里有钱了，再招几个好老师，省得咱们的孩子还出去念书。"张四望说："把小学校建好是正事儿也是大事儿，更是咱们下一步的主要工作。"刘绍全突然收住笑："张书记忘了吧，咱村还有一撮泥草房呢。这阵子，咱们光顾着忙加工厂的事儿了。厕所改造，咱们村成了乡里的典型，可江老太家的泥草房还是一个老大难。"滕七花击了一下手掌："这些日子忙晕头也乐晕头了。"刘绍全说："这事儿就交给村两委吧，鲜食玉米这块就够你们忙活的了。"张四望点了一下头，说这也好。张四望心里还有隐隐的不安，就是吴静余这一家人。吴静余家的日子能不能过好，关键就是尚小云。他想，得抽空到吴静余家看看，这么安静不是啥好事儿，还有刘锁彤儿子刘彦龙的工作……

12

　　江老太坐在地上号啕大哭，她声称要吊死在刘绍全家的屋梁上，刘绍全还要给她披麻戴孝摔丧盆……张四望和滕七花赶到现场时，不少村民都在围着看热闹。站在人群里的卞小个子喊，江大娘，把你那一堂人马请出来，给他们点颜色看看。刘绍全脸红脖子粗地站在江老太面前，试图把她拉起来。坐在地上号哭的江老太看见张四望和滕七花，顺势躺到地上，两只脚还交叉一起不停地搓。滕七花把江老太抱进屋："大娘，咱们有啥话进屋说，外面天这么热再中暑可就麻烦了。"江老太哭着说，这一群王八犊子没一个好东西，不能扒房就想办法把房子整倒，就是想要俺的命啊，俺都活成村委会的累赘了，不如吊死算了……滕七花呵呵地笑，说大娘是村委会的宝，哪能是累赘呢。

因为江老太的泥草房，村两委没少挨乡里的批评，幸福村的泥草房改建工作拖了全乡的后腿。刘绍全一肚子委屈，他没少给江老太做工作，可她说住惯了泥草房，就算给她盖一撮楼房她都不搬。她家的泥草房墙厚，冬暖夏凉。她一个孤老太活不了几年，不想住青堂瓦舍的彩钢房。他们跟着她住了几十年老房子了，也都习惯了。再说她一把老骨头经不起折腾，一动就散架了。可江老太的泥草房，像是一只鸡群里的怪物，而且江老太家离村主道还特别近，一进村就能看见她家那撮泥草房，突兀得像一块黑黢黢的碑。每次检查都不过关，为这刘绍全没少挨批评，上级让消灭泥草房，只要村里还有一撮泥草房就不能说消灭。前几天，村两委有人给刘绍全出主意，说干脆村里出钱到市场买点银灰色的铁皮，把老江太家的房子整个包起来，再做个彩钢的屋顶不就完了。既不用她搬家也不用她倒腾东西，江老太指定能愿意。刘绍全寻思了半天才点了下头，他说也只能这样了。江老太这两间泥草房还算周正，虽然花点钱，但也比推倒盖彩钢房省时省力，关键是少了太多的麻烦。今天一大早，刘绍全就带人到了江老太家。趁着太阳还没出来，把铁皮包得棱是棱角是角，等江老太发现，他们已包完了。看到房子穿了一件铁皮衣裳，既不怕风吹也不怕日晒，江老太没准还能高兴得笑出声呢。

江老太一宿睡三四个小时的觉，还睡得断断续续。一会儿坐起来望着黑黢黢的窗外，一会儿又躺下睡一会儿，嘴里还发出噗噗的声响。江老太养一只黛青色的大猫，大青猫可能也老了，它的觉跟江老太一样短而碎。江老太的噗噗声和大青猫的呼噜声，宛若二胡和小提琴的合奏。要是小偷从她家窗下过，都能被屋里的声响吓得不敢破门进屋。大青猫像江老太的老伴，她不出去大青猫就寸步不离地跟在她身后，晚上也跟她睡一个被窝。她若出去给人看病，大青猫就守在家里。

老了的江老太很少出门了，除了本村的人，太远的村子她基本都不去了。她说腿脚不太灵便了，万一折了胳膊断了腿，都不好将养，也给别人添麻烦。自从工作队驻村后，给江老太办了农合医疗，江老太看病买药也花不了多少钱，生活也没那么多烦恼，住在城里的儿子也时不常地接济一些。前后院的菜园子，屋里有些需要使力气的活，也都是吴静余帮忙。吴静余说自己不顶半拉男人，但咋也比八十来岁的老太太有力气。村里的人都说吴矬子心眼儿好，干脆认江老太干妈得了。吴静余几次要认江老太干妈，江老太拒绝得不留余地。"真是没事儿闲得慌，认啥干妈！"吴静余眼泪汪汪地看着江老太，他倒不是因为大娘数落他，而是想起自己过世的妈。自己妈要是还活着也就像江老太这么大岁数了。妈活着时，一天福都没享着。妈不在了也省心，看到孙子疯疯癫癫，她也得愁死。

虽然江老太拒绝了他，但吴静余该咋样还咋样。有人说吴矬子太贱，江老太没鼻子没脸地呲哒他，他还帮她干活。

江老太虽然八十岁了，除了一口牙掉得没剩几颗，眼不花耳不聋，房前屋后一有动静她就能听见。听见铁皮响，她招呼大青猫，大青，房后好像有人，你先去看看。这么早能是谁呀，咱家后园子除了土豆还有两垄苞米，难道是野狐狸来咱家串门了？江老太呵呵地笑着下地，大青猫倏地蹿下地，一弓腰就上了窗台。大青猫冲着窗户外喵呜喵呜地叫。江老太推开后窗户，看见刘绍全正比比画画地指挥人干活，江老太问刘小子你干啥？江老太一生气就管刘绍全叫刘小子。刘绍全他妈生他时难产，多亏了江老太，是她硬生生把刘绍全立生出来的双脚托回去，又让他在他妈肚子里转了一圈，才头冲下出来了。在他妈肚子里折腾了三天三夜的刘绍全生出来时，哭声响亮。他爸妈唏嘘得差点给江老太下跪，刘绍全他爸给江大姐作揖，他说这孩子的命是你给的，是你给他一条命啊——这孩子要不是江大姐指不定得缺点啥，干脆江大姐给他取个名字吧。江老太也不客气，她想了一会儿，说小名就叫刘小子，大名就叫刘绍全。

刘绍全说来给江大妈修修房子，马上立秋了，这一天又要收苞米又要整加工厂那头的事儿，忙得脚打后脑勺。把这房子好好修修，省得大妈冬天冷。趁刘绍全和江老太一个窗外一个窗里地说话，包文红让大家手不要停。等江老太反应过来，两间泥草房都被铁皮围了半截墙了。江老太看明白怎么回事儿时，哇地叫了一声。大青猫像一个卫士，噌地蹿到她脚下，瞪着眼睛冲刘绍全喵呜喵呜地叫。

"你们给俺住手，好好的房子包上一层铁皮，不透风就倒得快了……"江老太举起一根木杆，当头给刘绍全一棍子，又举着棍子朝干活的人抡。干活人吓得都散开了，有人腿脚倒腾得快还把土豆秧踩倒了。江老太气得哇哇大叫。刘绍全抱住她，说大娘别摔倒了，咱们去前院好好说话。刘绍全招呼大家都停下手："听大娘的，大娘说咋整就咋整。"江老太坐在地上哭起来。刘绍全再三解释，说给你这撮房子穿件衣服，外头看着好看，冬天还不冷，风吹雨淋都不怕……江老太指着刘绍全骂，说你干脆给俺打口棺材装上活埋得了。你往俺房子上包铁皮就是没安好心，就是想让俺房子不透气，把俺憋死在屋里，你们村干部就省心了。

看见工作队，江老太哭得更来劲了。"张书记你得给我做主啊，姓刘的这个小子太坏了，要把俺活生生地闷死在屋里。早知道这样，俺就不让他来到这个世上祸害俺了。"刚一进村部，刘绍全就说俺错了，俺没想到老太太反应这么大，这下还整扎手了，下步都没法开展工作了。张四望想了想，说买来的铁皮和彩钢能不能退回去。刘绍全说能退回去，之前就说好了，只是围上的那几块够呛了。没用的铁皮退回去，用过的不行就拆下来也送回去，赔两个钱也行。张四望说用过的就别退了，把咱们冷库最外层的大门包一层铁皮。滕七花点头说这好，几张铁皮咱们还能二次利用，也不算赔钱。张四望说把江老太泥草房这事儿先放放，这撮泥草房的确是个事儿，咱们还是需要想一个万全之策，既得让她同意，还能帮她修缮一下房子。强扒硬拆肯定不行，那么大岁数要是真有个好歹，咱们良心都过不去……刘绍全点头说这事俺处理得不好，是俺想简单了。张四望和滕七花都没说什么，他们知道刘绍全心里也不好受。

几天后的一个傍晚，张四望和滕七花去了江老太家。他们说来看看她，那天早上折腾半天，不知道老太太的气儿消了没有？江老太白了他们一眼，说心口都突突跳好几天了，要不是吴静余给她送一瓶银杏叶片，她都要去住院了。张四望说一定要按时吃药，年岁大了经不起风吹草动。大青猫从窗台上蹦下来，怒气冲冲地冲着他俩喵呜喵呜地叫。江老太冲它招手，它才慢条斯理地走到江老太跟前，趴在她腿上瞪着眼睛盯着他俩。滕七花讲了上级的要求和政策，他说大娘是通情达理的人，一定能支持村委会和工作队的工作。上次的事儿都是我们考虑不周，我俩代表村两委和工作队郑重地给您道歉……他们在江老太家坐到七点多，江老太同意给她两间泥草房红砖镶到顶，再做彩钢屋顶。江老太还说我要红色的屋顶，蓝色的跟天空靠色。

回卫生所的路上，张四望看着滕七花。滕七花笑说："我知道你要说啥，我同意咱俩把这个月的工资拿出来，别让小唐知道，他爸生病，他妈身体也不好，孩子还小，他的压力太大了。"张四望笑了，说："花哥的女朋友谈得挺好啊，情商都比以前高了。这样，你拿一半，你还有个念书的儿子，剩下的我来。我没有那么大的负担，还有那五万块钱还是投到小学校吧。"滕七花看着他："就想问你那五万块钱是不是你家老爷子捐的。"

张四望点了下头："知道瞒不住你。"

13

　　张四望是被微信的铃声叫醒的。宋黎说她想吃豆角想吃青西红柿和老黄瓜，想得一宿都没睡着觉。宋黎说他要是回不去，花哥和小唐也回不去的话就让他快递回去，她说早上快递晚上就能收到。张四望知道宋黎爱吃豆角，但不知道她怎么还想起吃青柿子和老黄瓜了。滕七花和小唐还没醒，他没敢发语音，他打字问宋黎怎么想吃青柿子和老黄瓜了？以前咱们也没吃过这玩意儿啊。宋黎说这些日子就想吃清凉爽口的东西，胃里像吃多了大萝卜搅和得难受。张四望说一会儿吧，我让刘嫂子摘点菜，顺丰快递晚上就能到，到时候再给咱妈那头送点，我吃过青柿子和老黄瓜是挺爽口。张四望说完愣了一下，他犹疑地说，要不你一会儿上班时到医院检查一下，别再是胃有啥毛病。都是去年那场病闹的，吃药把胃都吃坏了。宋黎说不能吧，我不想吃饭，可是一拿起筷子就不想放下。你说怪事儿不？

张四望又想起刘彦龙工作的事儿。他看了一下时间，六点十分，老人们都睡得早起得也早，可那俩人还没醒，他挺到七点才拨通了宋恩泽的电话，叫了一声爸，说村里有个学护理专业毕业的男孩子，想帮忙找个护士的工作。他问岳父有没有在医疗口工作的朋友，滕七花联系了一家个体医院，可他还没跟刘锁彤说。一个男孩子就干打针换药的活没有挑战性。宋恩泽想了一会儿，说："还真认识一个在卫生局工作的人，也谈不上有多深交情。他喜欢画画，别人介绍认识的，是一个挺热心的人，没准就能帮上忙。一会儿把他电话发到咱家群里。记住啊，人家帮忙是人情，不帮忙也是情理之中。"张四望嗯嗯地点头，说他主要是想咨询一下。能帮上忙更好，不能的话帮忙介绍一下相关人员或者能给个建议也行。

鲜食玉米开始生产时，外出打工的人都纷纷请假回来帮忙。设备基本是连轴转。小唐先是订了一千个纸箱子，张四望说太少了，让他订一万个纸箱，还让他马上带着样品去北京一趟。小唐忙完手头紧要的工作连夜去了北京，等他从北京回来，加工厂的附属项目也都安装完成。小唐看着加工车间完善的设施啧啧地咂嘴："我才走一个礼拜，你们就把活都干完了。"张四望问他鲜食玉米检测情况怎么样？唐溪水兴奋地说："咱们的玉米得到科研人员的一致好评，籽粒软糯，还有一股清香的牛奶味。玉米所含的微量元素都检测出来了，这是检验部门给咱们的报告。专家们还给咱们一个建议，说手工扒玉米这事儿比较靠谱，但玉米绒尽量留下一些，对身体更有益。"

张四望一把抢过来检验报告，滕七花也凑上来。唐溪水笑着说："你们好好看看吧，还有鲜食玉米须的检验报告呢。"于是小唐滔滔不绝地讲起了检验报告上所写的关于玉米须的功效和作用。小唐兴奋地比画着："我说得不好也不全面，你们看吧，反正玉米须对人有百利而无一害。玉米须就是没有任何副作用的食物。"

滕七花看着小唐笑，说你说得够好，也说得够多，今晚上给你做顿红烧肉。张四望当即决定，让扒玉米皮的村民把鲜嫩的玉米绒和老的玉米须留下来。老的玉米须晒干后封装，嫩的玉米绒冷冻后封装随箱赠送，并嘱咐小唐抽空把检验报告重新设计一下，印刷后也随箱装上。

"好嘞——我现在就整。"

营业执照，商标注册，检验报告都跑了下来，滕七花又和唐溪水跑市场。加工好的鲜食玉米不能放在冷库里储存，秋菜就要下来了，鲜食玉米要做到零库存。张四望说晚上先开会商讨一下下步工作，白天没有时间开，只能晚上开会。

晚会上，大家一致认为市场首先要从熟识的地方打开，通过一传十、十传百扩大认知度，还有网上销售。唐溪水说："咱们也在抖音上卖，等寒暑假还让吴静余家孙女吴悦然当代言人，那小姑娘长得水灵不说，说话也利落。抖音上需要人气，还得找几个能说会唱的人在抖音上吆喝。我还是以跑外为主，这几天抓紧时间在村里培养两个人。""打点屯"的鲜食玉米第一天在网上就销售三百多箱，照这个销售量下去，不愁日过千箱。吃过晚饭，小唐又上抖音去卖鲜食玉米。等他从抖音上下来都十一点多了，他们仨粗略估算一下，去年的反季蔬菜储存集体增收五万元，贫困户户均增加收入五百元。今年的鲜食玉米再加上杂粮和一些农作物，村民的收入会有大的增长。初步估算也得在两千元左右。

秋天总是令人喜悦，而村庄的秋天像极了一幅绚丽的油画。张四望喜欢秋天的色彩。岳父作画时，他经常在旁边看。宋恩泽使用色彩时很大胆，画面上的暗和亮很有视觉冲击力，又不失柔和的温暖。而且岳父的构图既简约也不失含蓄的风格，所以画面自然统一和谐。以前，他对画几乎一窍不通，经过十几年的熏陶，他也懂得了一二。岳父夸他有灵性，宋黎说她爸偏心眼儿，只要说起四望嘴就合不拢。宋黎敲着心口说："让你亲闺女扎心啊。"

今年一开春，房后厕所旁的两棵大柳树上搬来了两对喜鹊夫妻。两对喜鹊起早贪黑地忙碌，前不久滕七花从厕所回来，说咱们这儿添人进口了，你们上厕所时没听见喜鹊窝里有小喜鹊的叫声？张四望想了想，点头说听见过，只是没太往心里去。唐溪水说他早就知道，要不是忙，早就想爬上去看看两个窝里有几只喜鹊。这两对喜鹊夫妻倒也和谐共处啊，它们黑天飞回来时，要是进错了窝咋办？估计还是没进错，没听见它们打架嘛。滕七花说你想象力还真够丰富，千万别上去看，要不你上厕所柳树还拍你。张四望哈哈地笑了，他说听叫声，至少也得有五六只小喜鹊。喜鹊家有喜事儿，但愿咱们村里也天天有喜事儿。望儿是看主人脸色的一条狗，看见主人高兴，它嘴角也露出深深的笑意，眼睛湿漉漉地看着张四望，似乎有千言万语要说。忙得脚不沾地的张四望，经常摸两下它的脑袋。张四望想等有一天他老了，就带着宋黎回到村庄。鸡鸭鹅叫出了日子的响动。那时候，估计望儿都老得走不动了。

秋天在村庄里流淌，张四望从这个屯子到那个屯子，从这片地到那片地来回地穿梭，他觉得自己如同走在画里。

14

九月中旬，村里的工作都步入正轨。工作队和村两委刚要喘口气，唐溪水的父亲突然去世了。正在外面跑市场的小唐连夜赶回家，张四望他们接到电话时正在吃晚饭。张四望说别吃了，赶紧走。刘绍全老婆扛一丝袋子菜踉跄地跑出来，她说她也要去。刘绍全问她你哪都要去，做上鞋了吗？她说俺到那咋也能顶个人使，到那去帮忙照顾他妈，给他家老亲少友做饭也行啊。张四望说让嫂子去吧，红白事儿不怕人多，都是大家帮忙。刘嫂子说看看还是俺兄弟吧，俺知道城里人都讲究，来人去客都到饭店吃，可上了岁数的人谁爱去饭店啊。还是爱吃自个儿家做的饭菜，俺带了一袋子菜还带了半坛子大酱。

车刚上国道，刘嫂子就开始晕车，狂吐了一路。

刘绍全气得直跺脚，还骂她是废物。刘嫂子脸色苍白，她不好意思地咧嘴笑了一下，说自己还真是废物，除了家就是菜园子，哪也不能去了。小唐和姐姐提前给父亲买了墓地，人一火化完，骨灰就直接送往寿山墓地安葬。从墓地回来，张四望让唐溪水在家忙活忙活，别着急回村里。小唐说一到关键时刻我就有事儿，我把家里安排一下就回去。刘绍全老婆打开车门时，咧着嘴犹豫了一下，刘绍全说那也得坐车啊，你总不能走回去吧。张四望说让嫂子坐副驾驶，回去咱们慢点开，开窗通风不打空调。有人不全是晕车，是空调过敏，宋黎就空调过敏。果然，回去时刘绍全老婆虽然有点头晕，但没吐。她说回家躺一会儿，起来摘些菜再给弟妹们快递过去，也给小唐家快递点菜。他家亲戚啥的指定得烧完头七才能走，那么多人不得老鼻子菜吃呀。咱们家前后这么大的菜园子，还供不上家人吃菜。

"嫂子，你可别费心了。运费比菜都贵，等哪天我们谁回去捎点得了。"滕七花说完冲张四望嘿嘿地笑，说郑秋也爱吃小园菜。刘绍全老婆一脸菜色，她说你们就别管了，弟妹们好不容易想这口吃，咱还能断了她们这口？张四望心头悸动了一下，是啊，宋黎很少这么急切地想吃点啥。人岁数大了，口味也会变。

烧完头七，小唐就回来了。他说把他妈接他家住了，住够了再去他姐家。他妈一个人住，他和他姐都不放心，再说要是有个头疼脑热，跟前连个端水拿药的人都没有。他媳妇说，让他好好忙活村里和加工厂的事儿，家里的事儿不用管。提子葡萄也要下来了，唐溪水联系了几家，现在至少有三家企业要村里的提子葡萄和鲜食玉米，小唐说中秋节可以给职工搞福利。

唐溪水瘦了，脸色黄白，下眼袋都出来了。

张四望没有想到，岳父的朋友竟然是个热心肠，他帮忙介绍了杜尔伯特卫生局的一个朋友。他说扶贫是正事儿也是好事儿，从村庄走出来的人都盼着他们能过上好日子。尤其是村庄孩子的事儿更不能瞅着了，上学和就业都是大事儿……张四望想了想，这么大事儿在电话里说不礼貌，还是亲自去一趟。张四望刚回来，刘锁彤就来了。鲜食玉米加工他忙里忙外地张罗，还让他老婆跟着扒苞米。每次看见工作队的三个人，他眼神儿都满怀期待地跟着他们转。没有头绪的事儿，张四望不会说，刘锁彤心眼儿小，万一中间有个什么差头，他再想不开上火就不划算了。也难怪，刘锁彤是被生活压怕了，这几年运气也差了点，诸事不顺心。张四望理解刘锁彤，去年养鸡鸭鹅挣钱了，他脸上才有了笑模样。今年开春一说种新黏玉米种子，他第一个响应。除了种玉米，他家今年又养了比去年多一倍的鸡鸭鹅。两口子心细能干，鸡鸭鹅伺候得也精心。一年下来，基本上没什么损失。去年过完年，刘锁彤拿到钱后大喝了一顿，他里倒歪斜地来到村部。村两委和工作队正在开会，他进门咕咚就跪到地上咣咣地磕头。刘绍全回手把他薅起来，说刘拐子你又灌酒了吧，惯瘾了哈，一喝就来闹事儿。你把村委会当啥了？刘锁彤搡开他："起、起——来，我是来告诉大伙儿，我贼知足，我现在睡觉做梦都能笑醒……日子过得真有劲……"

张四望吃完早饭就走了，傍晚才回到村里。虽然刘锁彤儿子刘彦龙的工作没落实，至少他心里有一点谱了。那晚，他睡得格外沉，还梦见一个刚学会走路的小孩扑到他怀里，咿咿呀呀地说着什么。他爱抚地抚摸着小孩一头浓密的毛发，说你从哪来的啊？你爸妈呢？小孩出了四颗牙了，搂着他的脖子依旧咿咿呀呀地说着。梦里他没听懂小孩说的什么，但他心里乐开了花。张四望醒来时，还觉得心里回荡着一股暖流。都说小孩子是天使，还真是那么回事儿。张四望回味梦境时不停地咂嘴。

张四望放下手头的事儿，又跑了几趟县卫生局，县中心医院终于同意接收刘彦龙。县中心医院 ICU 病房扩到六张床，正缺护士，男护士更好。虽然没有编制，但张四望兴奋得晌午饭都没顾上吃，就开车往村里赶。刘彦龙还年轻，编制慢慢来，能到县中心医院工作总比到一些小的个体医院要好，毕竟在县中心医院能学到东西，尤其 ICU 病房更锻炼人。秋阳透过车窗玻璃晒得他睁不开眼睛，他拿出墨镜戴上，可他的心却清凉得像喝了井拔凉水，他觉得给刘彦龙找到工作是最有成就的事儿。他见过几次刘彦龙，这孩子说话办事都很沉稳，而且很有正能量。兴许将来这孩子锻炼几年就能出息呢。张四望口渴得厉害，要是能吃半拉井水镇的西瓜多好啊。他咂了两下干涸的嘴唇，把车停在刘锁彤家大门口，大黄狗使劲地冲他摇晃尾巴，发现他身后没有望儿，大黄落寞地叫了两声顺势趴在了窝门口。张四望走过去摸摸大黄的脑袋，好久没见到望儿了是吧。哪天我把它带过来让你俩亲热亲热。正在屋里忙活的刘锁彤，跌跌撞撞地跑出来："张书记来了，张书记来了——"他老婆和儿子也跟着跑出来。

张四望笑眯眯地看着他们："猜猜，我给你们带来啥好消息了？"

"张叔，是我工作有着落了？"刘彦龙嘴巴微张着。

张四望点头："你猜你能去哪个医院工作？"

"市里的个体医院，要不就是乡镇医院。"

"再猜——"

"不会是县中心医院吧？"刘彦龙期待地看着他。

"对了，县中心医院的 ICU 病房。小子，你没白学。"张四望咳了一声，"赶紧收拾东西，明早去面试。听说还有一场考试。不过别怕，考专业。"

"快给我倒碗水，我渴得嗓子眼儿都冒烟了。"

刘锁彤像是没听见张四望的话，一屁股坐在门槛上，粗粝的哭声宛若一条哀伤老狗的呜咽。大黄霍地站起来，冲他吠叫。

"快起来，大黄都不乐意了。你抢了它的风头。"

从刘锁彤家出来，张四望要到加工厂看看，滕七花和唐溪水都在那儿，他也要把刘彦龙安排到县中心医院的事儿告诉他们。他打着火，搂了一把方向盘就直奔加工厂，走了一半接到宋黎的电话。她告诉张四望自己刚从医院回来，怀孕三个月。张四望像一只被雷声惊到的大鹅，一脚刹车站住了。眼前虚无出一道灰白色的光，半天，他才缓过神儿。他把车徐徐开到路边上停下来，手脚都瘫软了。他拿起电话，想给岳父母打电话报喜，一想，他们一定知道了。他又放下电话，推开车门下车，围着车转了一圈，他太想抽一支烟了。

"张书记咋了呢？丢啥东西了呢？"吴静余站在张四望身后，愣眉愣眼地四下趸摸，"地上啥也没有呢——"张四望像是从一场梦里醒过来，他嗯啊地应了两声。张四望盯着吴静余，眼神儿让吴静余心里发毛，他低头看一眼下身："书记，俺咋了呢？"张四望又哦哦了两声，说你是不是要去扒玉米啊？吴静余点头，说是的呢。车间里的活俺也干不了啥，俺和吴川他妈只得换班扒苞米呢，家里还得留下一个人看吴川呢。张四望点头，说你家今年的嘎啦柿子果都卖上价了吧。吴静余高兴地点头，说那几条垄的柿子果真没少出钱呢。张四望点头嘱咐他，院子里的鸡鸭鹅也要精心伺候好，要是生病就白养这么大了。还有杂粮秋菜也要好好侍弄，咱们还有杂粮加工设备。这个秋天有的忙了，你俩也别急，虽然不能在车间干活，院子里的鸡鸭鹅是一笔收入，还有育苗。吴静余点头，说书记俺知足呢。俺家小云好呢，能干还顾家，对吴川也好呢，对俺们两口子也孝敬呢……吴静余咳了一声，垂下眼帘又说，张书记呢，俺家小云可是个好孩子呢，不能有李场长老婆说的那事儿呢。吴静余用手背胡乱地抹了一把脸，又有泪珠从眼眶里骨碌下来，脸上的皱纹阻挡了泪珠的滑落，积在皱褶深处的泪珠闪着亮儿。

"别听别人背后议论。你们不是常说，听蝲蝲蛄叫还不种黄豆了。只要你们把日子过好，不打不闹有吃有喝，别人就没话说了。"

吴静余艮喽打了一个嗝，像个孩子似的，嗯嗯地点头。

张四望让吴静余上车，他说他也去加工厂。再次发动车后，张四望心里有点过意不去，他觉得自己刚才说的话有些语无伦次，还有打官腔的嫌疑。

滕七花和小唐听说刘彦龙的工作安排了，没有说话。半天，滕七花才说，书记真有你的，咱家这是一个人扶贫，全家上阵啊。张四望脑子还乱着，他说还有一件事儿，就是宋黎怀孕三个月了。滕七花和唐溪水愣了一下，小唐高兴地跳了一下脚，这么说，咱们第一书记的抗战胜利了。

"嘘——"张四望做手势让小唐小点声。

15

包喜成眼见屯里的人忙活完鲜食玉米，又开始忙活杂粮和秋菜，他心里就很不是滋味了。他种的都是晚品种，虽然小舅子承诺有多少收多少，但左邻右舍都忙得不可开交，他心里就热乎辣的不是滋味。包喜成不甘于在屋里眯着，他到处溜达，见人就说风凉话。"忙得顾头不顾腚，到时候可别瞎忙活白忙活了，钱忙活到手了才是真格的。"见没人搭理他，他又阴阳怪气地说："工作队快赶上孙猴子了，都给你们脑袋上安了紧箍咒，他们一念经，你们就跟着转哈……"小唐一看见包喜成就来气，说："你不在家干活到处转悠啥？再说，你站在这地儿碍事不知道吗？没看人手里都忙着，咋就看不出眉眼高低呢。"包喜成使劲白了一眼小唐，气曛曛地转身走了。小唐和张四望抱怨，说就不应该管包喜成，啥时候他认识到了错误再管。他觉得咱们都不敢惹他，怕他去上访，他就是幸福村的大爷。张四望和滕七花没说话，他俩心里也不痛快。包喜成这人虽可恶，但总不能看他落在后面，还有跟着他也没种黏玉米的卞小个子家和另外一户都不能不管。加工杂粮时，小唐让刘绍全通知他们。刘绍全说俺更懒得搭理包喜成，看他就气不打一处来，让屯长通知他。小唐想了想，说还是我去吧，正好我要找打点屯屯长安排点事儿。包喜成家住在打点屯屯口，小唐离老远就看见包喜成正在扫院子。包喜成看见小唐走进院子，也没停下手里的活。小唐说把你家的秋菜挑好的往冷库里送，要不反季销售蔬菜时，你家这块就没有收入了。还有杂粮……包喜成抬起头翻个白眼儿，还用笤帚使劲地撅两下，落叶草屑和尘土扬二翻天地扑过来。小唐往后躲一下："咋地，你还闹上情绪了。是你自己死活不种新品种黏玉米，要不是张书记帮你说话，秋菜杂粮都没你的份儿。"

包喜成垂下脑袋哼了一声："俺家杂粮多，让车来拉吧。"

"啥，村委会还得给你派辆车？你不老也不小，自己送。"小唐说完转身走了。

包喜成把手里的扫帚啪嗒扔到了院子里。

村庄的冬天似乎从下霜那天就开始了。霜一来，村庄的人就开始为猫冬做准备。储存一冬天吃的白菜土豆萝卜大葱，腌咸菜，腌酸菜，给窗户门钉塑料布。张四望和滕七花抽空到各屯走走，特别是刚刚走出贫困户之列的家庭。他们先去了江老太家，贴了红砖的房子看上去更周正了，贴砖时，还给她换了塑钢窗。江老太当时也声称说不换，滕七花说换了吧，大娘，旧窗户龇牙咧嘴的，关不严实，冬天透风夏天进蚊子，马都买了也不差马鞍了。滕七花说着话已经量了前后窗户的尺寸，订窗户时他顺便也订了一套防盗门。

江老太迎了出来，站在新墙面新窗户新门的前头，江老太的脸色都好了不少。只是半个月没见，江老太的四颗门牙都掉了。张四望问她牙咋掉的？江老太说话哧哧地漏风，她说这人一老，心里那口气都提不起来了。啃两口苞米牙就没魂了。大青猫从炕上蹦下来，懒洋洋地喵呜一声。江老太笑盈盈地看着大青猫，就连它都老得不爱走动了。

"大娘，天要冷了。屋里还缺啥不？前后园子都收拾得这么干净利落，是吴静余帮你收拾的？"

江老太笑了，说除了他还有谁呀。豆角架也都拆下来放到仓房了，他说明年还能用。这个人心眼儿忒好使，只可惜摊上那么个病儿子。江老太看了他俩一眼，张四望猜想她一定知道了尚小云的事儿。江老太又哦了一声，她说啥也不缺，山墙贴了砖，窗户门又严实，今冬屋里暖和还能省煤省烧柴。粮食和秋菜都留足了，挑拣些好的卖给村委会，手头也有零花钱了。江老太还说她一出生就住在幸福村，活了八十年了从没过上这么好的日子。

"这才叫日子，要是天天过这样的日子，谁还得病啊。"

傍晚时，张四望和滕七花一起回卫生所。走到门口，张四望站住了。他说小唐去乡里还没回来，你先做饭，我去吴静余家看看。滕七花说你去吧，刘嫂子送了半筐豆角和几个倭瓜。她说园子里的菜没啥了，再吃就是冰柜里冻的了。我在下腰屯看到他们做的豆角焖面了，看着可好吃，今晚也给你俩露一手。

吴静余刚吃过晚饭，看见张四望从大门口进来，他急忙迎出去。吴川坐在炕上，手里摆弄几个干玉米棒。看见张四望，他咦了一声，低下头又盯着玉米棒出神。"你俩看看，尚小云脱得精光，在那勾引人呢。"吴川抚摸着玉米棒，"这身子多滑溜啊，用一桶香油洗得喷香喷香的……"吴静余摊着双手笑了，说："川儿现在不打人也不出去跑了，不管咋地呢，他又开始说话了呢，吃饭也行了呢。今儿个下午还磕半小笸箩瓜子呢。"张四望瞥一眼炕上地下的瓜子皮。吴静余嘻嘻地笑了："川儿，又开始唱歌了呢。"张四望点头，说吴川见好，你就别叹气了。他又问吴静余地里还有啥活？吴静余说还剩下点零碎的活儿，他几天就能收拾利落。张四望装作不经意地问，尚小云没下班？吴静余笑呵呵地说，小云着急忙慌地吃了口饭，就去她妈家送点豆角和柿子呢。她妈家今年的豆角秧子得了斑病，没咋结呢。她家的豆角早就罢园了呢。俺家昨天最后摘了半口袋，再吃新鲜的就得明年呢。茄子还能摘两回，茄子抗冻下霜也能长。

"尚小云跟野男人睡觉去了。我妈还帮她穿裤子，你们看她裤子都是半截腿的。"吴川突然就狂笑起来——

吴静余把张四望送到大门口，还要往前送。张四望说你快回去吧，还要把我送到卫生所不成，他俩肯定等着我回去吃饭呢。吴静余站住了，说书记俺就不送了呢。多吃点饭，这一天累的呢，谁能扛住呢。张四望快步地往卫生所走，他要不是亲眼看看吴静余一家人，心里就老慌慌的。倒是刘锁彤儿子刘彦龙不用操心，这个孩子放在哪儿都省心。

刘彦龙到县中心医院报道后，医院又派他出去学习培训一个月。学习结束他回幸福村一趟，撂下行李就到村卫生所。张四望说彦龙好好干，日后准会有编制。现在医院都缺男护士，将来男护士一定是一个大趋势。刘彦龙点头，说叔叔们放心吧。滕七花和唐溪水也说彦龙不会差，家里遇到那么大困难都坚持把书念下来，不容易。刘彦龙腼腆，一说话脸就红。他说，他爸借钱抬钱给他交学费，他心里特别不好受。他就读的医专坐落在小兴安岭的山坳里，他爸出事时，他在漆黑的山道上走了半宿，最后还是咬牙告诫自己要把书读下来。他说自己就是喜欢护理这个专业，尤其他爸腿坏了以后，他就告诉自己，哪怕日后伺候他爸也要把书念下来。张四望说，机会都是留给有准备的人，彦龙别辜负你爸妈的辛苦。刘彦龙点头，他说明早就回医院，上班后恐怕没有时间常回家，今儿个特意来看看叔叔们。滕七花说干个一年半载，攒钱买辆二手车开着，回家也方便。你爸妈一天比一天岁数大，再说你爸的腿脚也需要你这个儿子多照顾。父母都是为儿女活，只要孩子出息成个人样，他们就高兴得嘴都闭不上。是吧，彦龙。刘彦龙笑着低下头，他说我爸说今年过年杀猪请全村人到我家吃肉。我爸现在喝酒，很少喝醉。他说酒这东西是个势利眼，心情好，酒都不难为你。

16

庚子年新年，幸福村鲜亮得像雨后露出头的霞光，大雪覆盖的草甸子都被染出灿烂的光芒。新年晚上，村委会还放了烟花。烟花是小唐从同学那儿"化缘"

来的，同学说扶贫这事儿靠谱，你就回村等着吧。新年前一天下午，同学开着一辆厢货车拉了半车烟花送来了。刘绍全让各屯长通知村民，晚上七点准时在村口燃放烟花。吃过晚饭的村民，穿着臃肿的棉衣和羽绒服聚集到村口，叽叽喳喳地议论说这下可好了，烟花把穷气都撵跑了，把财神爷迎进来。过完新年，再给财神爷好好过个大年，让他常驻幸福村别走了。孩子们都不怕冷，他们在大人的腿下钻来钻去地打闹，身后还跟着家狗。刘锁彤家的大黄脚跟脚地也来了，主人扎在人堆里，大黄却站在人群外趑趄。对于那些跟在主人身后的狗，它高傲得不屑一顾。没有找到望儿大黄忧伤地猗叫两声坐在地上，眼睛却向村卫生所的方向望去。突然，大黄哼叫一声蹿起来，望儿迎面跑过来。望儿和大黄一见面，脑袋和脖子就交缠在一起，相互嗅了一会儿又撕咬起来。两条狗折腾得毛都打绺了，望儿才半坐在地上，大黄像忠实的仆人站在望儿的身边。有人说刘拐子家的大黄真有人味，可不像刘拐子酸脸猴子似的。刘锁彤翻了一个白眼儿，嘻嘻地笑了。自从儿子到县中心医院工作后，刘锁彤脾气好了，以前他看啥都来气，现在整日乐呵呵的。他认为村里的人都没法跟他比，他们或许比他有钱，但他儿子争气。谁家的儿子能到县中心医院上班呢。他现在一见到熟人就说，俺家儿子到县中心医院上班了。要是到中心医院开个药啥的就算了，要是有啥毛病就找龙龙，让他给找个好大夫看看。医院里有熟人和没熟人就是不一样，大夫的脸色都不一样……难得全村人都凑在一起，有几个人围上来，说你家彦龙都到县中心医院上班了，你咋也得请大伙儿喝顿酒意思意思啊。刘锁彤摆摆手，说这都不是事儿，今年打算杀头猪，一斤不卖都留着吃肉，到时候再杀几只鸡鸭鹅，打两大桶纯粮食烧酒，管够大伙儿吃肉，管够大伙儿喝酒。全村一个不落都请，落下一个，俺家龙龙都不干，俺家孩子仁义。

燃放烟花前，刘绍全让张四望讲两句。张四望说还是你讲，你是幸福村的父母官。刘绍全不好意思地咳了两声，说："在工作队的帮扶下，咱们幸福村的好日子来了。没想到鲜食玉米一投放市场就成了抢手货，还成了网红。村两委所有的干部，每天就留一个人看屋接电话，其他人都到鲜玉米加工车间和冷库干活。出入的大小车辆像搬家的蚂蚁，多少年了，咱们村的人头一次脸上挂着喜气。现在咱们村最大的问题，就是缺人手。要是家里那些在外打工的人干得不顺心，就回村里来吧……"张四望和滕七花会意地点头。滕七花小声说，这两年刘书记也有不小的进步。

幸福村的烟花足足放了半个小时，村民们仰望烟火在夜空中绽放时的绚烂，一片欢呼声。村民们都说，以前都是在电视上看放烟花，要不就隔着窗玻璃或者站在院子里看远处的烟花。还以为烟花能在半空中开花，都是用大炮打出去的。头一次在家门口看烟花，想不到烟花都是装在纸箱子里的啊。

刺鼻的火药味还在前街后屯弥漫，一场大雪又把幸福村装扮成了俏丽的小姑娘。村人们杀猪宰鸡蒸干粮，准备过大年了。家家户户的院子里都把雪传得快赶上房盖高了，他们跟工作队说这场大雪太解劲了，把猪鸡鸭鹅肉埋到雪里，可比放在冰柜里冻得实诚，吃着还有味。在刘锁彤家吃了猪肉回来的路上，滕七花说，他打算节后领证了。张四望说祝福，这个祝福可沉着呢，这里有我和小唐掏心挖肺的情谊啊。滕七花点头说他懂得队长的意思，我最艰难的日子是你俩陪着我一路过来的。你们俩真心希望我好。滕七花说，现代人领证都嫌麻烦，俩人要是觉得行就这么过了。过不了就分开，既不用留下离婚的记录也不麻烦民政局。但他俩商量来商量去，还是想选个日子领证，再小范围聚聚。滕七花说像我们这些二婚，双方还都有孩子，一般都悄默声地住一起得了。可两个儿子不干，他俩说要大张旗鼓地领证，热闹地办几桌酒席。滕铁峰说得更直接，他说老爸必须把婚礼办得热闹一点，最好再请个司仪帮你张罗。要是没钱，我把这几年的压岁钱贡献出来。我敢打赌，这一定是你最后一次婚礼了。到时候我帮你们拍照，保证把新娘子拍得美美的……唐溪水哈哈地笑，说花哥你这个儿子真没白养。张四望说咱们也杀一头猪，再买几只鸡鸭鹅请村民一家派个代表来吃肉。借这个由头，感谢一下村民对我们工作的支持。滕七花笑说买两头都行，也算是对郑秋一个交代。男人啊，就是为女人而活，能不能活好，活得有没有质量，还要看女人的感受。以后，更要使劲地努力——还有两个儿子等着我给娶媳妇。空场的风硬，滕七花戗了一口风，也压下他涌上来的哽咽。张四望把羽绒大衣的领子往上拉了拉，他知道滕七花又想起了往事。毕竟和刘颖在一起过了那么多年。他岔开话头说，选个日子，我和小唐帮你张罗，你就等着入洞房吧。你俩再生个二胎，等你俩六十岁，孩子也能借上力了。

张四望的话被冷风撕得七零八落，但滕七花听得一清二楚。他眼眶一热，眼泪差点掉下来。他说我们不生了，等你和宋黎的孩子落生，我和小唐都是他干爹。要是生个女儿，咱仨就都有小棉袄了，要是生个儿子，咱们仨就努力给儿子们娶媳妇。他们的笑声像焰火，在夜色中绽放出色彩。

张四望从村部出来，打算到冷库看看。滕七花和小唐还在冷库，今晚有个企业的食堂来拉白菜。他刚出大门，养殖场的李场长开车从对面过来。他看见张四望就把车停下来，拉开车门叫了一声张书记。李场长有些不自在，下车时脚还绊了一下。他自我解嘲地说，见到张书记脚都不听使唤了。他走到张四望跟前，掏出一支中华烟递给他："知道张书记不吸烟，今儿个破例抽一支。"张四望接过烟卷，说："谁说我不抽？"李场长啪地打着火点着，他自己也抽出一支烟点上，用力地吸了两口。"这阵子，忙得够呛哈，能看出村里的老百姓都拥护你们。"李场长又吸了两口烟，目光有些闪烁。张四望问他养殖场的效益怎么样？李场长点头说挺好，还想扩大养殖规模。张四望点头说太好了，幸福村这地儿不仅养人还生财。两个男人的眼光都虚无地看着远处，不知道是谁家的狗夹着尾巴跑过来，在他们面前站一下又跑走了。李场长弹出手里的烟蒂，又点燃一支烟吸了起来，他吐出一口烟后说："知道张书记为钱发愁，特别是小学校。我打算捐五万，用于小学校的师资建设。下周，我就让会计跟工作队联系。"一支烟卷很快又抽到烟蒂了，李场长看了一眼捏在手指上的烟蒂，扔到脚下又用脚尖儿把烟蒂碾碎。"还有村卫生所也应该重新规划一下，添置一些必要的检验设备，再招两个好医生。这样的话，村民有个头疼脑热就不用到镇上和县医院看病了。我今年再缓缓，明年还能为村卫生所出把力。"李场长说这些话时，好像有些迫不及待。张四望说太好了，我替村民感谢你。李场长下意识地又掏出烟盒，他脸上掠过一丝无奈，弹了一下烟盒说："烟瘾跟岁数似的，越来越见长，以前一天一盒，现在一盒一天不够。"张四望不想这么尴尬地谈话，他笑着说：

"我戒烟时比女人生孩子还费劲。要不是为了下一代，我恐怕这辈子都戒不了。我抽烟的历史可有年头了，十一二岁就跟着我奶学抽烟。我奶还怂恿我，偷着给我钱让我买烟卷抽。我奶说，男人哪有不抽烟的。"李场长不自在的脸色也缓和下来，他自嘲地笑了笑："还是张书记有毅力，能离开烟酒的男人不简单。我是不行了，这辈子算是栽到烟酒里了。"张四望没想到又把话说到死胡同了，他皱了一下眉头，还没等他说话，李场长却哈哈地笑了："听说弟妹有了，这可是大喜事儿。"张四望说这事儿李场长也知道啊。李场长哈哈地笑："幸福村的村民拥护工作队，小云经常念叨你们的好。"

烟酒真是好东西，不但能缓解尴尬，还能拉近距离。张四望没想到李场长上赶着提起尚小云。李场长的笑声还在凛冽的风中打转，刚刚有些暖意的空气似乎一下子又冻住了。张四望没让谈话再走进死胡同，他索性直接点破。他嗯了一声，说尚小云家的日子的确成问题，现在有问题，日后也是一个问题。虽然吴静余两口子都能干，但这个家还是尚小云在支撑。两口子的日子过得也是尚小云，吴川的病能维持就不错了，吴静余两口子也明白。李场长啪地又打着火想点夹在手指间的烟卷，不知道是风淘气，还是他手不稳，啪啪啪地打了几下，才总算把烟点着了。他使劲地吸了一口，凝重地看着张四望："我打算再找个厨师，把小云替换下来，让她负责采购，再干点迎来送往的工作。一个女孩家干厨房的活不体面。"话说到这个份上，李场长的眼神儿也不再躲闪，他说张书记放心吧，小云干工作是一把好手，人品也好。养殖场也需要人，我还打算给她按照管理岗涨工资，到年底也与老职工一样参与分红。

李场长的车滑出去时，轻飘得像一根随风飘着的羽毛。

张四望望着那辆黑色奥迪轿车的身影，心里有一股暖流也有一丝亢奋。他见识了一个真正的男人。

17

　　一场毫无征兆的暴风雪在夜晚悄然而入，大风也出尽了风头，它不甘落后地嘶吼着把雪片吹得漫天飘舞。中心医院的围墙都是以野杏树做篱笆，一夜间，大风和大雪齐心协力地把树枝上残留的枯叶剥夺成光杆司令，大雪又把落在地上残败的叶子埋葬了。鹅毛似的雪片还觉得不尽兴，天都大亮了还在狂风中跳动出魔鬼的舞步。雪片碰撞到窗玻璃上发出窸窣的响声。这一场暴风雪使气温下降了十几度。

　　这场大雪来势凶猛。

　　刘彦龙下夜班，到食堂喝了一碗豆浆，吃一个馒头，又在食堂的档口打了一份地三鲜和一份米饭当晚饭。昨夜有一个八十九岁的老爷爷住进了ICU，他这一夜都没落消停。医院没有宿舍，就在附近的住宅小区租了一套两居室的房子。全院就他和呼吸科刚毕业不久的医生王涛，住在这个两居室里。平时他们都在医院的食堂吃饭，刘彦龙倒班，而王涛除了值夜班，夜晚在寝室的时间比他多。最近王涛爸妈正在协商离婚，他说他爸妈就是赶时髦，看别人离婚自己心也刺痒，要不闹出点动静，好像他们不存在似的，他们就是用离婚来刷存在感。他爸妈还没和好，王涛的女朋友又和他闹起了分手。女朋友提出分手后，决绝地把他的电话和微信全都拉黑了。这些日子，王涛除了上班几乎都在房间里打游戏。他惆怅地对刘彦龙说，女人就是为克男人才来的。越能作闹的女人越招男人喜欢，男人天生是受虐的命。王涛严肃地对刘彦龙说："彦龙，你要是信我，三十岁以前别找女人。以你现在的条件养活自己都将巴的，再整个女人够你受的。我和前女友是初中同学，从高中到大学，我省吃俭用地照顾她，还把她照顾跑了。"

　　回到寝室，刘彦龙把饭盒放在暖气上。充足的供暖就像一个恒温箱，饭菜放在上面，自己睡到自然醒，起来吃正可口。只是地三鲜里的尖椒就不脆了。刘彦龙觉得屋里有嗖嗖的冷风，他瞥一眼客厅的窗户，窗户掀开一条手指宽的小缝儿，白森森的凉气正缕缕地进来。王涛每天早上走都把窗户掀开一条小缝儿，他说三九天屋里也要通风。刘彦龙关上窗户，站在窗前看着外头，小区绿化带里堆着半人多高的雪。剪过枝的野杏树都被大雪埋上了。小区的榆树与他小时候见到的榆树也不一样，这些榆树不过一人多高，树干也不过碗口粗，而枝杈却如女人的胳膊粗。奇怪的是，如女人胳膊粗的枝杈却曲里拐弯的，像蠕动的蚯蚓，枝杈上还垂挂着密密麻麻的细如面条的树枝，大风把垂挂的枝条吹得像披头散发的女人。"还有长成这样的榆树……"刘彦龙嘀咕一句就进了卫生间。

刘彦龙睡觉前浏览手机新闻，武汉发现七例不明原因的肺炎有了扩大的势头。刘彦龙心头一惊，瞬间就没了困意，他又在全网寻找关于武汉不明原因肺炎的新闻，却没有找到更多的信息。困劲又上来了，他眼皮沉得睁不开，手机啪嗒掉在枕头上。一闭上眼睛，刘彦龙就走进一片杂乱荒芜的野地，高矮不等的坟头长满一人多高的蒿草，一束束光从蒿草的缝隙中反射过来，像一把把利剑。乌鸦们一忽蹿到树杈上，一忽又俯冲下来。他游走于一个又一个坟头，遇到高坟头他还扒开走进去。看到他，一堆白骨立刻幻化成人形，有的是漂亮的女人，有的是魁梧的男人。看到他进来，他们都站起来亲热地拉他的手……他被一个瘦骨嶙峋的女人吓一跳，他问她你是王涛的前女友吗？咋瘦得这么可怕呢？女人凝噎含泪地伸出手拉住他，塞到他手心一副闪着绿光的耳钉。女人刚要说什么，他却被女人冰冷的手惊醒。刘彦龙倏地坐起来，他皱着眉头看了一眼窗户。窗帘严实地挡着。他握起拳头咣咣地捶脑门，破觉睡的还不如不睡，睡得头昏脑涨。他起来喝水时，头有点晕。他喝下半杯水，觉得清醒一些，又扑到床上。

这一觉睡到傍晚，起来时天已经黑透了。他看一下手机，还不到五点。

　　发工资了，刘彦龙把工资卡绑到手机上。以前花的都是爸妈的钱，每次花钱都有一种犯罪感。第一次花自己挣的钱，他心里有一点得意。他趁着下大夜到商场给自己买了牙膏和洗衣液，还咬牙买了十桶酸辣粉。上学时，他从没吃过桶装的酸辣粉，馋急眼了也就买一包酸辣粉，撕开塑料包装到寝室用开水泡了，每次吃时都深吸一口气，吃得舔嘴抹舌。他想以后等自己挣了钱，就买桶装的酸辣粉尝尝。想不到吃桶装酸辣粉的目标，这么快就实现了。刘彦龙一溜小跑地上了楼，前几天，他就在网上看好了一个三百多块钱的电子血压仪，发了工资他果断下单，还给他妈买了一件长款羽绒大衣。他爸血压高，他妈风湿病很重，开春和立秋，他妈腿疼得整宿睡不着觉。第二天下白班，他搭了一辆去林甸的私家车。他上车时车上已经坐了三个人，他们说去林甸洗温泉。司机乐颠儿颠儿地说哥们儿，要是路上有检查的，就说咱们哥儿几个去林甸泡汤。刘彦龙点头，司机拿出一张二维码，哥们儿先付钱吧。刘彦龙掏出手机扫了二维码，手指点付款时，刘彦龙有一种自豪感。司机一路上天南海北地聊，说得唾沫星飞溅。刘彦龙听得昏昏欲睡。到了幸福村的路口，他下了车。风一吹，他昏沉的脑袋才清醒。他在家住了一宿，第二天早上张四望要到县里办事儿，就把他捎到中心医院。"彦龙，听说武汉的病了吗？咱们这地儿这会儿正是流感多发的季节，你在医院上班，倒班也熬人，多注意点。"刘彦龙点头，他说放心吧叔，我年轻。刘彦龙下车后又拉开车门："叔，年三十我正好没班。只是你们都回家过年，咱们只能年后见了。"刘彦龙和张四望摆手。

　　刘彦龙腊月二十九下午到的家，年三十晚上，他跟刘锁彤放了鞭炮，吃了一大盘猪肉酸菜馅水饺。初一下午就说啥都要赶回医院。刘锁彤眼巴眼望地看着他："儿子，还啥时候回来啊？"刘彦龙笑着说没事儿就回来，有时候就是懒，下夜班特困，就想赖在床上睡觉玩手机。刘锁彤老婆把装着冻饺子，炸好的方肉和肉肠粉肠的大袋子提溜到炕沿上。刘彦龙说："干啥拿这些东西？我又不是去野营，医院有食堂还能饿着我？"刘锁彤近乎哀求地说："儿子，就带着吧，你妈做的可香了。再说，还是自个儿家做的东西好吃，吃时用电饭锅热热就行。"刘锁彤歪着脑袋咳了几声，又接着说："不是还有一个和你一起住的大夫吗，也让他尝尝。"

刘锁彤把儿子送到国道，眼看着刘彦龙上了客车，他才转身回去。过年，跑线的客车只发上下午两趟。

武汉的疫情暴发了。刘彦龙心急如焚，他想到武汉支援。他试着在网上报名，都没能如愿。不久，部队开拔到武汉了，刘彦龙觉得自己又有希望去武汉支援了。要是没来中心医院工作，他就义无反顾地去做志愿者。他觉得年轻人就该到最艰苦最危险的地方去锻炼，要不是他小时候做过疝气手术，他最大的愿望是到西藏当兵。可他的目标不是被身体就是被家庭条件限制了，还好他学了护理专业。刘彦龙知道，他爸妈要是知道他去武汉，哭也得把他哭回来。就算去也偷着走，他打定主意不告诉家里。那些日子，就连被失恋折磨得痛不欲生的王涛，都忘了被女友抛弃的痛苦了。刘彦龙说部队都上去了，听说各地医院也要对口支援。要是咱们医院派人去武汉支援，你去不去？王涛瞪起眼睛，当然去了。这有啥犹豫的，咱们可都是"九零后"啊。"八零后"都已经四十了，咱们还能把重任给他们吗！刘彦龙嗯了一声，要是咱们医院有名额，我第一个报名。王涛拍了一下手，我也报名。到时候咱俩去武汉，跟疫情来个它死我活的搏斗。王涛还在客厅，甩着胳膊走起了正步。

18

刘彦龙接到护理部主任梁姨的电话，已是凌晨一点半了。梁姨吞吞吐吐地说不好意思，给你吵醒了，你这个岁数正是吃饭香睡觉也香的好时候。刘彦龙说梁姨我还没睡。他问梁姨是医院里有危重患者吗？梁姨嗯了一声，又马上说不是不是。刘彦龙不知道一向爽快的梁姨为啥支支吾吾。梁姨迟疑地问他："彦龙你家就你一个孩子吧？"刘彦龙的心怦怦直跳，他噌地坐起来："梁姨，咱们医院是不是要去武汉支援啊。我去，我能去——"电话那头沉默了一会儿。"彦龙，你能肯定吗？你爸妈能让你去吗？你要不要先给他们打个电话问问再做决定。你还不是医院的正式员工，除了一纸合同啥也没有。"刘彦龙兴奋得一连声地说没事儿没事儿。我才二十几岁，就应该我去。

　　刘彦龙兴奋得没了困意，他没心思浏览手机新闻了。他不想也不能把这事儿告诉家里，他知道爸妈要是知道肯定不会让他去，惹得他们担心不说，还会闹得心里都不痛快。刘彦龙决定，等回来再回家负荆请罪。刘彦龙上了一个夜班后就被通知整理行李，随时准备出发。他整理衣物时有点发蒙，除了一件厚羽绒服，就是三件厚卫衣和两条裤子。尽管现在的武汉正是阴冷潮湿的时节，可也用不着穿这么厚的羽绒服吧。从小到大，他从没穿过一件像样的羽绒服，家里的春秋衣裳也没几件像样的，网上买来不及，商场又都不开。他正为衣物发愁，王涛推开门，看到地上敞开的行李箱，问他这么快就收拾行李了。刘彦龙说通知了，让把行李都收拾好，没准半夜走呢。刘彦龙不想再跟王涛说话了，就低下头看地上的箱子。他听说科主任找王涛谈话，让他去武汉支援。王涛说爸妈就他这么一个孩子，而且他爸妈都四十多岁才生下他。如今父母都是快七十岁的人了……刘彦龙能理解王涛，但他心里还是有些别扭，所以这两天故意躲着他。

王涛像只老鼠似的缩回身子。

刘彦龙站起来扣上行李箱，他想算了，路上不能咋冷，到地儿反正也是里三层外三层地穿防护服，隔离服又不透气，就这样吧，内衣够换洗就行了，如果待的时间长再到网上买两件。一切都准备好了，只等着一声令下就开赴武汉。这晚，刘彦龙睡得格外沉，连梦都没做。清早，刘彦龙被尿憋醒了。他撩开窗帘，窗外白得晃眼睛。他眨了眨眼睛，看来又下了一夜的大雪。小肚子胀得不敢伸腿，他急忙爬起来，从卧室进了卫生间。从卫生间出来时，他发现门口放着一个旅行袋。他愣怔了一下，看一眼王涛的房间，门关着。快十点了，王涛肯定在班上。他拿起手机发现无数条未读的语音，同学有的先到武汉支援了，跟他讲述一些注意事项和武汉医院的情况。还有几条是王涛的留言，他说看到你衣裳不多，我这有户外的羽绒服还有几件运动衣裤，有两件是新的，有的穿过几次，咱俩身材体重都差不多，只要你不嫌弃就带上。我妈说穷家富路，还是准备充足些好。我把衣物放在门口了，请收下。除了打字还有语音，王涛说，可别觉得你是从寒冷的地方去的，南方的湿冷和北方的干冷无法相提并论。那种湿冷是你想象不到的，看似零上的温度，但冷得透骨。你得带件羽绒大衣。到武汉照顾好自己，千万千万要做好防护。等你回来请你撸串喝啤酒，就在咱们的寝室来一场大醉。

平日里，王涛的穿戴比较讲究。王涛爸妈也是医生，从小到大吃穿都没受过委屈。刘彦龙心里热乎乎的，他有点过意不去，昨晚不该对王涛那个态度，王涛说的也是实情……刘彦龙把王涛给的衣物一件件地装进行李箱，留出一件橘色卫衣，他觉得黑色羽绒服露出橘色卫衣帽子十分酷还吉利。他看王涛就这么搭配过，他皮肤白，配上橘色非常显眼。再加上他还戴一副玫瑰金边的眼镜，看上去十分儒雅清爽。

刘彦龙下午两点集合，他没见到王涛，只好给他微信留言："哥们儿，衣物收到。穿着走了。"上车之前，他还给自己来了一张自拍，发给王涛。

"你的衣服，我穿上帅吧。"

正月的一场大雪过后，凛冽的寒风悄无声息地凝视着大地，太阳却出奇的好。初九的早上，刘彦龙坐了三个多小时的大巴车刚到机场，刘锁彤打来电话，他说："龙龙，你看新闻了吗？疫情越来越严重了，你可要好好上班，没事儿别出去瞎闹。还有啊，你们医院没有去武汉支援的吧。你们医院太小，都是大医院的大夫和护士去支援了。这可太吓人了，你千万别到处乱走啊……"刘彦龙假装刚醒："爸，放心吧，我除了上班哪都不去。睡得正香着呢，你就把人家叫醒了。"刘锁彤十分过意不去，他说儿子快睡觉吧，别老贪黑玩游戏，伤眼睛不说还耽误睡觉。只有把觉睡足了，才有精力给病人扎针。

飞机轰鸣着进入跑道滑行，刘彦龙到达了武汉……

19

在武汉一家医院支援了四十二天后，刘彦龙收到通知，将于近期返程，他心中百感交集。

返程时，刘彦龙遇到了来时同车的一位护士杨姐，杨姐看到他长吁了一口气，还释然地笑了。虽然还都戴着口罩，刘彦龙知道杨姐的笑容一定是灿烂的。杨姐说，小刘啊，看到你我真高兴，咱们又能一起回家了。飞机落地后，第一件事要给你爸妈打电话报平安。你们啊还不懂父母的心，啥时候等你结了婚有了孩子，才会知道爹妈的心啊。儿女都是父母身上的肉，他们的疼都是撕心扯肺的真疼。你们就像是我的孩子，来时我都不敢看你们，生怕回去时把你们丢到武汉……刘彦龙看着杨姐眼神里流露出的亲切笑意，使劲地点头。他还邀请杨姐有机会到杜尔伯特玩，他说到时候请杨姐去泡温泉。

　　刘彦龙落地后就给他爸妈打了电话。刘锁彤听说他去武汉支援了，一句话没说就挂了电话。刘彦龙心里很不是滋味，他知道他爸不是躲到厕所就是躲到仓房里哭去了。

　　自从到了武汉，刘彦龙不等刘锁彤给他打电话，他就隔三岔五地给他们打电话。刘锁彤每次都叮嘱他戴上口罩，整点酒精擦手。他说，你跟俺们不一样，俺们这儿就算有病毒也被风刮走了，县里楼房太多，病毒都聚堆儿。俺们这儿不让出去串门，还能在院里院外走走，还能听听鸡鸭鹅狗叫。听说市里的病例又多了，都不让人出门……刘锁彤总是不厌其烦地给儿子讲述他听来的各种小道消息。刘锁彤说他还学会了使微信，是工作队的小唐教的。小唐还说用微信不是坏事儿，以后出去卖东西都用微信收钱……刘彦龙欣慰，至少他爸妈没有怀疑他不在县中心医院。

刘锁彤撂下儿子的电话，就给张四望打了电话："你说，这孩子，这孩子咋这样啊……"

20

张四望虽然担心还有两三个月就要临产的宋黎，但他知道，幸福村这块儿不能空下来。过了初三他就从家里赶回幸福村，张四望刚到村里，傍晚滕七花和小唐也相继进门。他歉意地看着他俩，说你俩这么着急干啥。一个在热恋，一个老爸走的第一个年，不在家陪陪老妈。你这一出来，老妈心里能好受吗？滕七花说谁有你的困难大啊。宋黎四十岁才怀了孩子，眼看就要生了。你都回村里了，我们怎么还能在家待下去……张四望看着他俩，行啊，都回来了，幸福村就是咱们的阵地。以前咱们一心扶贫，想不到百年不遇的疫情也让咱们赶上了。咱们就都打起十足的精神，把防疫和春播工作都安排好。

不久，各地就比较严了。鲜食玉米的市场停了，但网上销售还火热，尤其南方人更喜欢北方黑土地的玉米。快递不通了，但还有客户要求从邮局邮寄。由于出行受限，鲜食玉米的订单不能及时发出去，小唐愁眉不展。眼看着疫情蔓延，张四望他们的心情都很紧张，如果疫情蔓延到村庄，那后果可就不堪设想了。有些村民对疫情不是很重视，无论刘绍全在广播喇叭里如何讲都无济于事，村民们该聚集喝酒的喝酒，该串门的串门。尤其正月一闲下来，村民也有七大姑八大姨走亲戚的习俗。工作队和村两委以视频会议的形式开了一个短会，会上决定所有的村屯口都设卡，每一个卡哨上都有一名村干部监管，日夜不撤。张四望他们又采购了口罩、测温仪和酒精。

刘彦龙到武汉一个星期后，就给张四望发了微信，告诉他自己的情况。他说叔啊，替我保密啊。我爸妈要是知道我来武汉了，那可不得了了……张四望没想到他能到武汉支援。他听说走了一批去湖北支援的医疗队，但他不知道刘彦龙也在其中。这段时间他们比秋天时还忙，鲜食玉米的销售一直到大年三十还没停……疫情来了，村民又都有正月里走亲戚的习俗，他们初三进村就忙得脚打后脑勺。接到刘彦龙的电话，张四望心情很不平静，他自责自己忙着卖鲜食玉米，忙活村里抗疫却疏忽了刘彦龙。张四望嘱咐刘彦龙一定做好防护。张四望担心刘彦龙的同时，也为他的做法而感动。

张四望抽空去了几趟刘锁彤家，每次去都说没啥事儿，就是看看他家的鸡鸭鹅长得咋样。他说年前出栏那么多，种蛋要留好，别到抱窝时候没有种蛋。刘锁彤说书记放心吧，今年先用老办法抱几窝鸡鸭鹅，秋后，咱也买台孵化器。等龙龙回家，我让他到网上看看，据说网上便宜不少呢。还是孵化器好，那玩意儿成活率高。刘锁彤说龙龙在中心医院干得可好了，没事儿就往家里打电话，他可惦记俺和他妈。只要一说起儿子，刘锁彤眉毛都带着笑意。

虽然牵挂刘彦龙，但张四望的内心还是十分高兴，这个孩子太懂事了。他和滕七花说，等明儿个刘彦龙回来，咱们要隆重地迎接。还有，今年再评五好家庭时，也应该考虑一下刘锁彤的家了。刘锁彤的变化太大了，刘彦龙这孩子这么明事理也是两口子教育得好。我们要树立这样的典型，生活富裕了，典型和榜样要树立好，教育也要跟上，否则村庄的脚步永远都跟不上社会的进步。教育跟上了，文明程度才能慢慢地上高度，村庄的面貌才能改变。

王涛与刘彦龙通了电话，说抱歉不能请你喝酒撸串，大醉一场的设想也不可能实现了。他春节回家过年就没回来，他也打算辞职去读研。疫情一来，他觉得医生这个职业很重要也很高尚。他还说非常后悔没能和他一起到武汉支援，不过以后学好了再救死扶伤也来得及。他爸妈的婚离得干净彻底。现在他跟母亲一起住。他说为了考研，学得昏天黑地，不用刻意减肥都眼见往下瘦，现在都可以随意吃可乐鸡翅了……刘彦龙到指定的隔离宾馆后，与张四望通了语音电话，说暂时还不能回家，要先隔离十四天后，再回家隔离十四天。但他不打算回幸福村隔离，一来不想让爸妈操心，再者村里老弱病人那么多。他还是回到县里，在寝室里自行隔离十四天后再回家。

张四望心里有一股热浪，冲撞得他心潮起伏。他撂下手里的事儿想要去刘锁彤家看看，想了想还是别带头走动了，给他打个电话问候一下。刘锁彤说正要吃饭，酸菜炖大骨头，黏豆包，还让他们仨去他家吃一口。张四望说算了，花哥正做饭呢。他说刚才彦龙跟他语音了，说了他的情况。他也给你们打电话了吧，这个孩子真是好样的……刘锁彤哽咽着说："书记你说这孩子主意多正，下了飞机才告诉俺们他去武汉支援了。幸亏回来了，要不俺和他妈咋活呀。"刘锁彤咳嗽出一口痰，嗯哼了两声，又说："书记，你说这个龙龙是咋想的？他不过是一个没编制的护士。俺听说，从武汉回来的都能给编制，也不知道能不能轮到俺家龙龙……"张四望笑了，说："孩子们比我们心里有数，孩子们长大了我们老了。有时候该让他们当家，咱们就放手吧。"

没一会儿，刘锁彤把一大盆酸菜粉条炖大骨头和小半盆油煎的黏豆包，放到卫生所的窗台上。他趴在窗户上敲了两下，说我就不进去了，不是不让串门嘛。望儿两只前爪搭在窗台上，隔着玻璃窗摇晃着尾巴。

"望儿，等疫情没了，你再上俺家和大黄亲热吧。"

21

突发的疫情打乱了扶贫工作队的日程，工作队只得把工作重心转移。春耕抗疫两不误，备耕不见面。张四望主持成立了春耕生产网络指挥部，小唐还制作了备耕农资采购流程图，线上下单，线下送货。张四望说，我们不能因为突然暴发的疫情而乱了阵脚，否则，前期的工作成果就都将化为泡影，返贫，是我们谁也不愿意看到的结果。下步工作还是要两手一起抓，春耕和鲜食玉米市场还有防疫抗疫都不能有半点差池。张四望笑着对滕七花说："我欠你一场婚礼也先记在账上，有账不怕算。"唐溪水说："对，花哥把我也记上。"滕七花摊开双手："该死的病毒，打乱了我们工作计划不说，把日子也搅和乱了。我和郑秋登记领证都不行，民政部门的登记处无法办公，至于什么时候能现场办公需要等通知。"

小唐呵呵地笑:"不登记就不登记吧,反正你也隔离在幸福村,啥时候能回去洞房都不知道。"

望儿两只前爪子搭在窗台上,摇晃着尾巴往屋里看。滕七花招呼望儿进来,望儿看着张四望,他点了下头,望儿倏地从窗台上下来。小唐跑出去开了门,望儿进屋就站在张四望的身边,仰起头看他。"望儿过来,我喜欢你,你老跟我那么生分干啥?我以前不过是怕你的同类,其实,我还是喜欢你的。"望儿黑黝黝的眼睛望着小唐,无动于衷地站在张四望身边,还伸出粉红的舌头舔一下嘴巴头。

抗疫的形势越来越严峻,张四望他们大年初三从家里出来就再也没回去。眼看还有俩月宋黎就要生了,他心里十分不安,宋黎是高龄产妇,春节前产检时血压偏高。医生说,属于妊娠高血压,年龄大的产妇尤其还是初产妇更要注意。宋黎在娘家住一冬天了，放了寒假后，宋黎推掉了一切演出活动，在家安心养胎。无论多忙，张四望睡觉前都要和宋黎视频。他不想岳父母担惊受怕，他希望宋黎和孩子平安。宋黎六个月就有水肿现象，现在脚肿得都穿不上鞋了。张四望还盼着快递能快点开，好在网上给宋黎买一双大码的鞋。他和宋黎说，咱们不求孩子多聪明，只要健康就好。

居家隔离期间宋黎只能在房间里走走。昨晚，他看了宋黎水肿的双脚似乎都要裂开了。白天忙起来还好，一到晚上，张四望就胡思乱想，睡不着觉。小唐说他想儿子想得脸色都蜡黄，滕七花说，要是你媳妇快生了，你被隔离在村里你不着急啊。

唐溪水吐了一下舌头："队长，我错了。"

张四望抖一下肩膀，说："家里有老人，出门有医院，怕啥。"张四望这一番话莫不如说是在宽慰自己。望儿伸出粉红色的舌头舔他的手，他低头看着望儿，发现望儿也心事重重，他就笑了，问望儿是不是想大黄了。滕七花笑着说："看看吧，咱们的望儿都在告诉你，没事儿，母子一定会平安。"

张四望虽然笑得心事重重，可他也在告诉自己，一切都会平安。

三月，疫情管控措施有所调整，城市和居住小区相继放开。但是，张四望却不能回家看宋黎。他从村里回家要隔离十四天，从家回到村里还需要隔离十四天。日子一天天过去，张四望心里越发不安，宋黎眼看就到预产期了，因为隔离她无法按时到医院产检，这周她的血压也开始升高，医生给开了降压药。医生说还是要服用降压药，否则大人的风险太大了。为了让血压降下去，岳母调样给她做吃的，补充蛋白质和维生素，每天还给她榨一杯芹菜汁喝。老太太说，这都是民间的说法，就算不好使也没坏处。张四望心里没底，他跑到走廊给刁思祥打了电话，问他咋办？口服降压药行不行。刁思祥说没事儿，我给她开一服食疗方。你放心吧，这个方子非常安全，再说都这么大月份了对孩子也没有伤害。张四望说抓好药麻烦你给送过去吧，宋黎出门不方便，老爷子老太太又那么大岁数。跟你说吧，我的心天天悬在嗓子眼儿，电话一响我就一激灵，嘴丫子都烂了。刁思祥笑了，说你再着急还能替宋黎生啊？有我在你就放心。刁思祥还把他开的方子拍照发给张四望。

刁思祥老婆还把药熬了一服用保温瓶装上，说要不是疫情，她就天天去照顾宋黎。刁思祥两口子开车送了过去，因为不是本小区的住户，卡点说不让进大门。宋恩泽只好到大门口拿回了东西。

张四望心一剜一剜地疼。好在，宋黎喝了食疗汤，血压平稳下来。

四月宛若跳跃的火苗，忽燎忽燎地来了。张四望拜托刁思祥两口子，请他们帮忙照顾家里。刁思祥说他已经与他们医院产科联系好了，下周就接宋黎到医院住着。张四望的心踏实了一小下，毕竟住进医院能安全一些，可他又担心无孔不入的病毒。张四望度日如年，直到宋黎在岳母的陪伴下住进了医院，他的心才稍稍地安稳了一些。刁思祥不让宋恩泽来回跑，他们两口子给宋黎娘儿俩送饭。

宋黎住院一个星期后，凌晨三点剖腹产下一个七斤八两的男孩。孩子比预产期提前了十天。岳母在电话里激动地说："四望，果儿来了。母子平安。"之前，他们全家已经商议好了，要是男孩叫果儿，要是女孩叫豆儿。他们全家共同的心愿，不强求孩子成龙成凤，健康长大就好。张四望撂下岳母的电话，啪啪地击着手掌。滕七花和唐溪水也被电话吵醒了，他俩都兴奋地祝贺张四望升级当爹。张四望说对不起，耽误你俩睡觉了，不过你俩也应该陪我乐和一下，为你们大侄子的到来庆贺一下。小唐跳下地，说起两瓶罐头，咱哥儿仨喝一口。滕七花趿拉着鞋下地，说是该喝一口，真是天大的喜事儿，这几个月被疫情折磨得心都没缝儿了，终于听到一件乐和事儿。

张四望的电话突然响了，他嗯啊了两声后，脸色苍白，手抖得像屋顶上的电线。滕七花惊愕地看着他，唐溪水手里的罐头盒啪嚓掉在地上，他们同时听见了望儿哧哧挠门和狺狺的叫声。张四望嘴唇哆嗦着，半天才一个字一个字地说："刘——彦——龙——没——了。"

22

　　春风还凛冽着寒意，但寥落又荒凉的大地已有了色彩。春天的野杏树出尽了风头，不但绿出一片深意还开出一片灿烂的霞。刘彦龙喜欢县医院野杏树篱笆，虽然在山里读了三年书，野杏树也无法与小兴安岭的松柏相比，但他还是喜欢皮实的野杏树。

　　刘彦龙解除隔离的第二天，给家里打了电话。告诉爸妈二十八天隔离期已满，但是还不能回家，在武汉援助时结识了一个病人，受人之托打，需要去满洲里一趟。刘锁彤和他老婆都张着大嘴，儿子的电话都挂断了，他们还没反应过来。刘锁彤气得又把电话回拨过去："你个小兔崽子，这么大事儿你都不跟俺和你妈说一声，幸好啥事儿没有回来了，要是有点啥事让俺和你妈后半辈子咋活。好不容易隔离期满了，又想去啥满洲里。死冷寒天的去那儿干啥啊？你妈想你想得做梦都哭……"刘彦龙在电话那头嘻嘻地笑，刘锁彤口气一下子就软了，他在电话里大声地说："儿子啊，回来吧，爸给你杀鸡，你妈给你包饺子。再说，你回来也好请你四望叔他们过来喝顿酒。"刘锁彤知道儿子心里十分在意张四望他们，他想用工作队把刘彦龙绑架回来。刘彦龙呵呵地笑，说最晚一个星期，最快三五天就能回家。他说从满洲里办完事儿直接回家。刘锁彤失落地哦了一声，又不死心地问他非得去满洲里吗？现在到处都扫码，你咋去啊。弄不好再隔离那儿。刘彦龙说他坐火车，他必须把朋友托付的事儿办了，才能踏实地回家和工作。刘锁彤不好再阻拦了，孩子大了有主意，去武汉都不说一声，上满洲里还告诉咱们一声已经不错了。老婆嘤嘤地哭起来，她说这孩子过年也没吃到啥好吃的，到现在冰柜里还给他留着老些好吃的东西，他啥时候能回来吃啊……"别哭了，儿子这不是好好地回来了吗，咱们应该笑才对。"

刘彦龙走的第三天，那晚十点半他从宾馆出来，站在路边上打车，一辆私家车把他撞飞了出去。司机被带到公安局时，用迷离的眼神儿看着警察，呜噜着问他犯了啥错？为啥给他戴手铐。警察说你撞人了，司机垂着脑袋似乎在回忆，他皱起眉头看着警察："怎么可能呢。我十八岁就开车，车技好得能在冰上漂移。"警察警告他闭嘴，撞刘彦龙的司机春节前离的婚，他是过错方，净身出户。在家隔离期间越想越不是滋味，终于可以走出家门了，他就到前妻家大闹一场。前妻报警，他被警察带走教训了一番。刚从分局出来，就到超市买了一瓶"闷倒驴"，一盒午餐肉，一袋油炸花生。在车里独自喝了一瓶酒，借着酒劲又要去找前妻说理。

半路上，他要了刘彦龙的命。

张四望和刘绍全陪刘锁彤，开车到满洲里接刘彦龙回家。警察把刘彦龙的物品交还给他们，最后，又把一张从满洲里到杜尔伯特的火车票塞到刘锁彤的手里，说："我们是从这张火车票，和刘彦龙手机微信才知道他是刚从武汉回来的护士。我们了解了他来满洲里的目的，也与当事人联系上了。我们知道他还没回家去看望爸妈……"刘锁彤把儿子的物品紧紧地抱在怀里，哭得手脚痉挛……张四望他们离开满洲里的那天，四辆警车一路把他们护送到高速路口，刘锁彤形容枯槁地抱着儿子的骨灰盒坐在副驾驶上。当他们的车过闸口时，灰蒙蒙的天空突然飘下零星的雪花，四辆警车一起拉响警笛为刘彦龙送行。

五一前夕，张四望终于可以回家了。他看见果儿时，泪水从他棱角分明的脸庞滚下来。张四望只在家待了三天，他跟岳父母说，爸妈真是太辛苦你们了，我还得回去。这几天就要种大田了，季节不等人。如果村庄发生疫情就难控了，物资调配，农机具修理，计划培训等，所有的备耕工作都得往前抢……岳父母理解他，岳父说家里这头你就放心吧。果儿眼看就满月了，我和你妈跟月嫂谈了，请她继续在咱们家帮忙带果儿，月嫂已经答应了。

宋黎虽然没抱怨，但她心里还是不希望他走。临出门前，张四望很想跟她说两句亲热的话，无奈月嫂给果儿换纸尿裤，他只好推门走了。张四望坐到车里，给宋黎发了微信："老婆，好好的啊。"

村庄有时候像个祥和的老人，有时候又像不驯服的马匹。工作队和村两委既要盯着大田种植，还要规划庭院经济和防疫。市区清零不久，省城的疫情再次袭来，刚刚要松下来的态势又紧张起来，他们仨又不能回家了。滕七花的婚宴还是一个计划，但他却在网上预约了 5 月 21 日登记。他说，咱也学一回年轻人，整个景儿。唐溪水的儿子在家上网课，而张四望只能在视频里逗弄果儿。果儿会笑了，他尤其喜欢看果儿笑，果儿笑得像霞光，让他的心生出一片灿烂阳光。

从大田到村屯的卡点，虽然奔波得疲惫不堪，但张四望心里还是充满了喜悦。今年降水量大，平均都在六点一毫米，比去年高出五点四毫米。土壤墒情好于往年。大田种完了，张四望一想起刘锁彤心就会抽着疼起来。刘彦龙的事儿，让刘锁彤的血压高居200不下，只好把他送进医院。在医院住了半个多月，他老婆又病倒了，在卫生所输了十来天液，还是不能干重活。他家的大田玉米和前后菜园子，都是村委会安排人帮忙种的。吴静余没事儿就跑来帮忙照看院子里的鸡鸭鹅，他说："天塌了，孩子是爹妈的天呢。"

张四望跟滕七花和唐溪水说："晚上咱们抽空去刘锁彤家看看。要是有啥活就帮忙干了。"

傍晚，张四望刚从地里回来，刘锁彤就来了。他把一张银行卡塞到他手里，说这是龙龙留下的。里面的钱除了保险赔偿，医院给了一笔，国家也给了一笔。刘锁彤说这些钱他和老婆都用不着了，就捐给村小学吧。以后，他和老婆干不动农活了，就到村小学打更做饭。刘锁彤背驼得像一只鸵鸟，腿拐得也更厉害了。刘锁彤还不到五十岁，脑后一圈毛发一夜之间全白了，晃得人眼睛生疼。看着他离去的背影，张四望擤了一把鼻涕，嘀咕了一句，说鼻涕真是不知道好歹的东西，眼泪都比它坚强。

村路边上的野杏花都谢了，丁香花虽然还绽放着，但是香气已然淡了。张四望帮江老太种了一天菜园子，傍晚，他从江老太家出来时，滕七花给他打了电话，说他和小唐得晚些时候回去吃饭，打点屯的包喜成又闹腾上了，在卡点大骂村干部，说不让他出去喝酒，是把他当犯人看押了……张四望想着晚上的饭菜，焖米饭，冰箱里还有一卷干豆腐炒了。他还从江老太家薅了一把小白菜和小葱，一会儿炸一碗鸡蛋酱，都是下饭的菜。刚走到村主路，一辆白色捷达车从村口下来。原来是尚小云，他站住了。尚小云从车里下来，张四望问她这么急匆匆地干啥去了？尚小云脸红到脖颈，她咧嘴想笑又没笑出来，只好收回去。她说给吴川买点胃药和止痉挛的药，不知道是凉着了，还是吃不对劲了，吴川胃疼得直抽筋。张四望哦了一声，说那你快回去吧。我上次回家带了温胃舒和养胃舒，一会儿吃完晚饭给他送过去。这个药常吃才有效果。他看了一眼尚小云开的新款捷达车，确定是养殖场的。前些日子，吴静余兴奋地告诉他，说俺家小云的驾照考下来呢，以后俺们全家挣钱给小云买辆车呢，到时候吴川再看病，就不用老麻烦村里了呢。

张四望转身刚要走，尚小云怯怯地叫了一声"张书记——"张四望收住脚。

"书记，我知道村里人都笑话我。村里人也骂我不守妇道。"尚小云哽咽了，她抽了一下鼻子，"可谁为我想过呢？其实我从来没想过离开这个家，我心甘情愿地在这个家当牛做马，不管咋说，我都要给吴悦然一个全乎的家。可我有时候也想哭啊，也想有个人说说心里话。我生病难受时，也想有人嘘寒问暖。我是人，难道我这个要求过分……"

白色的捷达车，从张四望的眼前滑过去时像一团飘浮的云。

23

张四望仰起头望天，夜色就要来了。他恶狠狠地骂了一句，邪恶的疫情快点走吧。人类就不能有一个光明的出路吗——他皱了一下眉头，他为自己突兀的话吃了一惊。张四望究竟是在骂疫情，还是在声讨人间的苦难和悲愁呢？他自己都不知道，也说不清楚。

张四望抬起泪眼时，发现望儿从村道上颠儿颠儿地跑过来。他知道，望儿来接他了。

村庄是一座丰碑

父亲以前，我的家族都是农民。所以，我是农民的孙女。或许是我出生地的缘故，抑或是族人血脉亲情的传承，我对村庄由衷地热爱，以至于文学成为我的职业后，我的脚步也几乎没离开过村庄。即便偶尔进城，也是在村庄和城市间穿行。也就是说，我走得不够纯粹。

我钟情于村庄的烟火。我觉得村庄的日子才是日子。

每个人生下来，父母都要给脱离他们身体的生命一个名字。于是，我们来到人间的第一个获得就是名字，又于是，我们带着名字走向社会，社会因为名字而熟悉我们。再于是，我们和我们的名字成为一体。我和我的名字一起走出村庄，而我的灵魂和肉体又常常与村庄厮守。每当我对城市迷离的灯光厌倦，每当我对自己前行的方向不知所措，每当我对活着失去了信心，我都会想到我的出生地——也就是村庄。因为，我从村庄出来时，除了名字，头上还带着村庄的标签。所以，我时不常地会到村庄走走。目的是寻找另一个自己，和曾经村庄的自己。置身于凄凄芒草间，望着苇花摇曳，任凭劲风吹拂脸颊，我才会有生命最本质最深刻最虔诚的思考——在我看来，村庄还有救赎的力量。

　　所以，村庄不仅是我心目中的丰碑，也是我精神的修行地。只有不断地自我救赎，前行的脚步才会坚定。

2018 年一个偶然的工作机会，我走进了杜尔伯特一心乡前进村。我当然不是贸然而来，而是因为这里驻着哈师大的扶贫工作队。他们分别是慕海军、韩明祥、钱正龙。他们仁肩负着脱贫攻坚的重任驻村，责任和担当是他们至高无上的荣誉。所谓的走进，其实是心没有距离。村庄宛若一位智者，总是以缄默向人们诉说他前世今生的哀伤。袅袅炊烟飘向天空便没了踪影，我不知道炊烟是化作了白云，还是变成了清风——尽管我出生于村庄，我却已经多年未和村庄亲近，但根植于骨子里的东西就如烙印，当我一走进前进村，亲切得就如到亲戚家串门。感情的潮水奔涌得宛若漫过堤坝的大水，瞬间就淹没了我……于是，我完成工作任务后，就创作了中篇小说《2018 年的村庄》。当我把这篇小说交付给编辑时，心中有些忐忑不安。一再说，如果不行就再换一篇吧。后来想，忐忑来自于对题材的把控，也有对自身创作的质疑。从开始写作那天起，我就经常陷入自我质疑的怪圈里。

虽然质疑的时间长短不一，但每一次走出质疑还是需要时间。治疗质疑的最好办法就是边写边探索，边写边把探索的细微处展现到作品里。只有不断地写作，不停地思考，才能从质疑中走出来。但是，下一个质疑又在某个时间段，抑或是在某个路口等着我。质疑于我就如鬼魂附体，随时都能上身。创作《2018年的村庄》时，正好赶上自我质疑的卡口。

当小说与读者见面后，我突然意识到《2018年的村庄》不过是一个开始。

2019年的扶贫工作任务更艰巨，2020年又因为新冠肺炎疫情的肆虐，脱贫工作变得更复杂更具挑战性。于是，就有了《后来的村庄》。《后来的村庄》的路畅通了，还消灭了泥草房，鲜食玉米项目不仅投产，线上线下也卖得火热，还走进了超市。三位扶贫干部也有了很大的改变，第一书记张四望终于做了父亲；历经家庭变故的滕七花情感也有了归宿，而唐溪水也不那么怕黑也不那么怕狗了……贫困像一巨石，贫困也如一顶帽子，戴了几十年贫困帽子的村庄终于摘帽了。村庄有了新面貌，村民的精神也随着村庄的变化而改变。不再贫穷的村庄又出现了新的矛盾，新的争端。吴静余家的日子虽然好过了，但他又面临着无法解决也无法消化的新问题。我为此忧虑也为此感慨。村民刘锁彤的儿子刘彦龙去了抗疫第一线，可他却在坚守承诺的路上丧失了年轻的生命。当警察把一张还没检的车票交给他的父亲，当拉响的警笛为他年轻的生命送行，我压抑的哭声几近窒息。当他的生命完结时，没有编制的护士成了他永远的标签。而他的父母却把儿子用命换来的抚恤金捐给了村小学……那一刻，我又一次潸然泪下。

当我完成《后来的村庄》的写作后，心情还久久不能平静。在一个晴朗的日子里，我突然特别想念村庄，想念工作队。我毫不犹豫地走到门外，当车驶离了市区，我才告诉工作队我在去看望他们的路上。按说，在我出发之前就应该与他们打招呼，可我特别害怕他们不在村里，我不想让自己扑空。我已然无法承受见不到他们的失落——结果，我还是没能见到第一书记慕海军。在我去的那天早上，他回哈参加一个重要的会议。韩明祥和钱正龙到村口接我，当我看见他们从车里下来时，我眼眶有些发热。《后来的村庄》里的那个把每一个村民都放在心上的第一书记张四望，那个任劳任怨的滕七花，那个在扶贫中摸爬滚打逐渐成熟起来的唐溪水，又依次地来到我的眼前……

我多么想放纵地流一回眼泪啊。我坐在车里缓了好一会儿，都到村委会了，我才强行让自己平静下来。

从 2018 年的那个冬天开始，我几乎没有离开过他们。我在线上关注他们每一项工作，每一个活动，我也因此为他们取得的每一个成绩而骄傲，而自豪。我在心里暗暗地为他们加油鼓劲，仿佛他们就是我的同胞兄弟。《后来的村庄》是挤出两个月的时间创作完成的。"张四望抬起泪眼时，发现望儿从村道上颠儿颠儿地跑过来。他知道，望儿来接他了。"当我为最后这句话画上句号时，我长吁了一口气。《后来的村庄》无疑是对《2018年的村庄》的故事和生活的一个承揽，是我对村庄的一个交代，也是我对师大驻村扶贫工作队的慕海军、韩明祥、钱正龙的一个交代。

毕竟，我和望儿一样，见证了他们生命中的村庄之行。

2021年夏